소박함의 지혜

세계시인선

2

소박함의 지혜

호라티우스

김남우 옮김

LENE CONSILIUM
Quintus Horatius Flaccus

일러두기

1 이 책은 D. R. Shackleton Bailey, *Q. Horatius Flaccus Opera*, 2001을
   토대로 우리말로 번역했다.

2 본문 주석은 아래의 책들을 참고하였다.

   A. Kiessling und R. Heinze, *Q. Horatius Flaccus Oden und Epoden*, 1917.

   R. G. M. Nisbet and Magaret Hubbard, *A commentary on Horace, Odes
   Book 1~2*, Oxford, 1970, 1978.

   R. G. M. Nisbet and Niall Rudd, *A commentary on Horace, Odes Book 3*,
   Oxford, 2004.

   D. H. Garrison, *Horace, Epodes and Odes*, Oklahoma, 1991.

3 띄어쓰기 등 국립국어원 맞춤법 규정에서 벗어난 경우가 있는데, 이는
   로마 서정시 운율을 우리말로 표현하기 위한 시도 가운데 하나이다.

4 호라티우스는 각 시의 제목을 따로 붙이지 않았기 때문에, 첫 시행의
   첫 두 단어를 각 시의 제목으로 쓰는 것이 관례이다. 이 책에서도
   원칙적으로 첫 두 단어를 제목으로 잡았다.

차례

소박함의 지혜

lene consilium

III 1 속된 무리를 멀찍이

속된 무리를 멀찍이 물리노니,
너희 경건히 침묵하라! 전에 없던
노래를 나는 무사여신들의 사제로
소년소녀들에게 노래하노라.

백성이 두려워하는 왕들의 지배,   5
왕들의 권력은 거인족을 이겨
위력을 뽐내시며 모든 걸 눈썹으로
다스리시는 유피테르의 것이라.

누구는 누구보다 넓게 고랑을 따라
포도를 심으며, 귀족혈통의 누구는   10
후보자로 광장에 내려오고, 누구는
성품과 명성에서 더 훌륭하다

도전하고, 누구는 피호민이 더 많다
떠벌리지만, 죽음의 필연은 높으나
낮으나 데려감에 차별이 없다. 모든   15
이름을 담아 항아리를 흔든다.

퍼런 칼날을 세워 불경한 목위에
매달아 둔다면 시킬리아 만찬인들

달콤한 진미를 허락치않겠고,
새들의 노래도 키타라의 노래도   20

단잠을 가져오지 못하겠다.
부드러운 단잠은 농부의 누옥을,
그늘진 강변과 서풍에 깨어나는
템페계곡을 기꺼이 찾아온다.

자족을 추구하는 사람을 결단코   25
폭풍 치는 바다, 저무는 목동좌,
떠오르는 산양좌의 미쳐 날뛰는
돌진이 불안케 하지 못하며,

우박에 넘어진 포도밭, 거짓말하는
대지도 그리 못한다. 나무는 비를,   30
때로 밭을 바짝 말리는 별자리를,
때로 매서운 겨울을 탓하겠다.

물고기들은 물에 던져넣은 석재로
바다가 좁다 느끼지만, 집장사는
노예를 데리고 연신 드나들며 돌을   35
가져다 던진다. 집주인이 뭍에

싫증 내기 때문이나 공포와 불안은
집주인이 있는 그곳에서 일어서며
검은 번민은 청동전함에서 내리지
않고, 말 탄 등 뒤에 올라앉는다.   40

그러하거늘, 프뤼기아 대리석도,
시돈보다 빛나는 다홍색 의복도,
팔레르눔도, 아카이메네스 향수도
근심에 위로가 되지 못하거늘

어떻게 내가 미움 살 문설주를 세워   45
유행을 좇아 높게 올린 중정(中庭)을 짓고,
어떻게 내가 사비눔 계곡을
힘겹기만 한 재물과 바꾸겠는가?

III 2 고단한 가난을

고단한 가난을 즐기는 방법을
배우는 고된 군복무로 단련된
소년은 두려운 기병으로 사나운
파르티아를 창으로 무찌르며

분주한 일과속에 야전의 삶을   5
살아가길! 그를 바라보며 적진
성벽에서 왕을 전장에 내보낸
아내가, 혼기에 찬 처녀가

전투에 서툰 왕가의 신랑감이
주검들사이 피에 주린 분노로   10
격앙된 거친 사자를 건드리지
않길 빌며 깊이 한숨짓는다.

조국을 위한 산화(散華)는 달콤하여라.
도망쳐도 죽음은 찾아오고, 전장에
나서지않은 청년, 떨리는 오금과   15
등도 놓여나지 못한다.

용기는 정직한 낙선(落選)을 택하며
오점 없는 관직으로 빛나고,

대중의 바람몰이를 따라 권부를
들었다 놓았다 하지않는다.   20

용기는 불멸에 합당한 이에게
하늘을 열고 다른 이에게 닫힌
길로 도약하여 속된 결합, 젖은
흙을 떨쳐내고 비상(飛上)한다.

신의를 지킨 함구에 온전한 보상   25
있으라! 케레스의 비의를 발설하는
자가 같은 서까래아래 기거함을,
함께 올라 난파할 배에 같이

승선함을 금한다. 때로 침해당한
유피테르는 결백에도 벌을 가하지만,   30
단죄하는 여신은 저는 다리로도
앞서간 죄인을 놓치지않는다.

III 3 올곧은 뜻을

올곧은 뜻을 굽히지않는 사람을,
불의를 부추기는 시민의 성화도
윽박지르는 폭군의 사나운 얼굴도
굳센 마음을 흔들지 못한다.

남풍, 몰아치는 아드리아의 폭군도,   5
벼락 치는 유피테르의 커단 손에
하늘이 산산이 깨져 떨어질지라도
그를 겁먹게하지 못한다.

폴뤽스와 방랑자 헤라클레스는
이런 용기로 불의 성채에 이르렀다.   10
그들과 나란히 아우구스투스도 몸을
뉘여 붉은 입술로 신주(神酒)를 마신다.

이런 용기로 위대한 당신을, 아버지
박쿠스여, 길들지않는 목에 멍에를 진
맹호들이 모신다. 이런 용기로 군마를   15
탄 퀴리누스는 아케론강을 벗어났다.

유노는 회의에 모인 신들에게 감사의
말을 전하며, "일리온이, 일리온이

14

파멸을 가져온 파렴치한 심판인과
타향을 찾아온 여인 덕에 먼지가   20

되었다. 라오메돈이 약속한 대가를
신들을 속여 주지않은 이래, 나와
정숙한 미네르바가 저주한 일리온이,
백성과 거짓말의 통치자와 함께.

스파르타 여인에게 유명한 서방의   25
매력은 사라졌으며, 맹세를 깨뜨리는
프리아모스 집안은 희랍의 침공을
헥토르의 노고로도 막지 못하였다.

신들의 불화로 길게 이어진 전쟁이
끝을 맺었다. 차후로 나는 가혹한   30
분노를 잊고 트로이아 여사제에게서
태어나 미움받던 나의 손자를

마르스에게 되돌려주겠으며, 그가
빛나는 자리에 이르도록, 달콤한
신주(神酒)를 마시도록, 신들의 고요한   35
반열에 들도록 허락하겠다.

일리온과 로마 사이의 큰 바다가
물결치는 한, 망국의 객으로 어디에
가든 통치자가 되어 행복하여라!
프리아모스와 파리스의 무덤 위에   40

가축이 뛰고 짐승이 새끼를 키워도
내버려둔다면, 카피톨리움은 빛나며,
메디아인들을 정복하고 대담하게
로마는 항복을 받아내리라!

모두가 두려워할 로마는 변방까지   45
이름을 떨치라! 해협이 아프리카와
에우로파를 나누는 곳까지, 범람하는
닐루스가 땅을 적시는 곳까지.

신성함을 모조리 훼손하는 손으로
인간들의 유익을 위해 모으지 말고   50
황금은 대지에 감춰두는 게 나으니,
황금을 찾지않고 멀리한다면,

세상의 어떤 한계가 막아서더라도

로마는, 어디에 염천이 불을 뿜는지,
어디 안개와 비가 내리는지 보고자   55
군대를 이끌어 거기에 이르리라!

다만, 타고난 전사 로마인들에게
조건을 제시하노니, 지나친 충심으로
힘을 과신하여 할아버지의 트로이아,
옛집들을 재건하려 들지마라!   60

불길한 전조, 재건된 트로이아는
슬픈 상처를 되풀이할 뿐이다.
유피테르의 아내이며 누이인 내가
정복의 군대를 이끌고 가리라.

포에보스가 도와 청동성벽이 세 번   65
세워지면, 나의 아르고스로 세 번
무너지겠고, 아내는 세 번 끌려가며
슬퍼 남편과 아들을 한탄하리라.”

장난을 일삼는 뤼라에 맞잖거늘,
무사여, 어디로 가십니까? 고집스레,   70
신들의 언사를 전하는 커단 노래를

작은 운율로 작게 만들지 마소서.

III 4 하늘에서 내려오소서

하늘에서 내려오소서. 피리에 맞추어
여왕 칼리오페여! 길게 노래 부르소서.
원하신다면 맑은 목소리만으로, 아니면
포에보스 현금(弦琴)과 키타라에 맞추어.

너희도 들리는가? 아니면 사랑스러운   5
황홀이 나를 놀리는가? 들려오는 듯
아름다운 시냇물, 산들바람이 흐르는
신성한 숲을 거니는 듯.

아풀리아 지방, 불투르산속 깊은 곳,
유모 풀리아의 문지방을 멀리 벗어나   10
놀다 지쳐 잠이 든 어린아이, 나를
신화 속 비둘기들이 푸른 잎으로

덮어주었다. 아케룬티아 고원과
반티아 방목장, 아랫마을 페렌툼의
기름진 대지, 그곳에 사는 모두에게는   15
믿지못할 놀라운 일일 것이나,

검은 뱀과 곰에도 아무 걱정 없이
나는 잠들었다. 신성한 월계수와

도금양 덤불을 이불 덮은, 신들의
가호아래 씩씩한 어린아이.   20

무사여신들이여, 당신들의 저는
가파른 사비눔으로 오르며, 차가운
프라이네스테, 기대 누운 티부르,
투명한 바이아이에 즐거워합니다.

당신들 샘과 합창대의 친구인   25
저를 필리피 전투에서 참패한 군대도,
저주받은 나무도, 팔리누루스 근처
시킬리아 파도도 죽이지못했으니

당신들이 저와 함께하신다면, 기꺼이
저는 선원이 되어 성난 보스포로스를,   30
앗시리아 해안의 불타는 모래를
여행자가 되어 찾아가겠습니다.

저는 이방인에게 거친 브리타니아,
말의 피를 즐겨 마시는 콩카니족과
화살통을 매고 다니는 겔레니족을,   35
탈 없이 스퀴티아의 강을 보겠습니다.

당신들은 높은 카이사르를, 전쟁에
지친 병사들을 마을마다 정착시키고
병사들의 노고를 끝마치려는 그를
피에리아 동굴에서 회복시키소서!   40

소박함의 지혜를 주시고 주시면서
기뻐하소서, 여신들이여! 저희는
알고있나니 불경한 거인족과 끔찍한
무리를 번개로 내려쳐 저지하시는 분,

미동 없이 누운 대지, 폭풍의 바다를,   45
그림자들과 슬픔에 젖은 영토를,
신들과 죽을 운명을 타고난 인간들을
공정하게 홀로 통치하시는 분,

유피테르를 크게 놀래킬 일을 저지른,
어깨를 믿고 무도한 젊은 무리들,   50
나무그늘진 올림포스 위에 펠리온을
옮겨놓으려 시도했던 형제들,

튀포에우스와 무력의 미마스 또는

위협하는 모습의 포르피리온은,
로이투스, 나무기둥을 뽑아 던지는   55
무모한 엥켈라두스는 팔라스의

천둥치는 아이기스에 맞서 무엇을
했습니까? 그렇게 자리를 지켜낸
굶주린 불카누스, 신들의 어머니 유노,
어깨에서 활통을 벗지않는,   60

카스탈리아 샘의 순결한 이슬로
헝클어진 머리를 감으며, 뤼키아의
파타라 밀림과 우거진 출생의 숲
델로스를 지배하는 아폴로.

지혜 없는 힘은 제 무게로 쓰러질지니.   65
신들은 절제하는 힘을 더욱 위대한
위업으로 이끌며, 영혼에 온갖 불경을
부추기는 힘을 증오합니다.

백 개 팔을 가진 귀게스와
순결한 디아나의 유명한 유혹자,   70
처녀신의 화살에 굴복해버린

오리온이 내 말을 증언합니다.

괴물 자식들을 깔고 누운 대지는
창백한 저승의 벼락 맞은 자식들을
슬퍼하며 신음하나, 용암의 급류가   75
짓누르는 아이트나를 엎지못하며,

절제하지 못하는 티튀오스의 간장을
불경의 감시자인 새가 놓치지않으며,
간음자 피리투스를 세 번의 일백
쇠사슬이 묶어두고 있습니다.   80

III 5 하늘의 천둥 유피테르가

하늘의 천둥 유피테르가 통치함을
믿나니. 아우구스투스는 브리타니아와
막강한 페르시아를 제국에 복속시켜
현전하는 신으로 여김받으리라!

크라수스의 병사는 이방의 아내를   5
얻어 남편으로 비루하게 살아가며,
(원로원이여, 타락해버린 세태여!)
장인의 밭에서 나이 들어가는가?

파르티아 왕 밑에서, 마르시 사람과
아풀리아 사람은 신성방패와 이름,   10
토가와 영원한 베스타를 잊었는가?
유피테르와 수도 로마가 건재하건만.

레굴루스의 선견은 이를 경고하였다.
치욕적 평화조약에 반대하여, 앞으로
올 세대에게 파멸로 이어질 전례가   15
될 조약을 거부하였고,

포로로 잡힌 젊은이들은 장례 없이
사라져가야했다. "나는 카르타고

신전에 걸린 군기, 죽음 없이 빼앗긴
무기를 보았다." 그는 말하였다.   20

"나는 보았다. 자유시민의 등뒤로
결박된 팔, 닫지않은 그들 성문을,
우리 병사들이 쓸어버렸던 농지가
새로 일구어지는 것을 보았다.

몸값을 치른 병사가 행여나 다시   25
용맹해질 수 있을까. 치욕에 손실을
보태는 일일 뿐. 자줏빛 양모의 색은
한번 바래면 돌아오지않으며,

진정한 용기는 한 번 꺾어지면
꺾인 이들에게 다시 오기 어렵다.   30
행여 사슴이 촘촘한 그물을 벗어나
대든다면, 병사도 용감해지겠고,

신의 없는 적에게 투항했던 그가
다음에는 카르타고를 물리치겠다.
무기를 빼앗기고 고삐에 맥없이   35
묶여 죽음에 떠는 병사일지라도.

이때, 어떻게 목숨을 구할지 모르고,
전쟁과 평화를 혼동하니 수치로다.
위대한 카르타고여, 부끄러운
이탈리아의 폐허위에 더 높아라!"   40

시민의 자격을 잃은 사람처럼 그는
정숙한 처의 입맞춤과 어린 자식들을
외면하였고, 사내다운 얼굴을 떨구어
끝내 들지못하였다 한다.

흔들리는 원로들을 그전에 누구도   45
한 적 없는 조언으로 굳건히 다지고,
슬퍼하는 친구들사이로 자랑스러운
망명을 바삐 서둘러 갔다 한다.

야만의 형리가 무엇을 준비하는지
알고있던 길은, 막아선 친지들과   50
복귀를 말리는 사람들을 뿌리치고
약속을 지켜 돌아가는 길은,

마치 피호민을 변호하는 오랜 소송을

승소로 마무리 짓고 베나프룸 영지로
길을 재촉하여, 혹은 스파르타인들의   55
타렌툼으로 돌아갈 때와 같았다.

III 6 조상의 죄를

조상의 죄를 죄 없는 네가 갚겠다.
로마인이여, 신전과 무너져버린
신들의 전당, 시꺼먼 연기로
그을린 신상을 복원할 때까지.

신들에 몸을 낮춘 자가 세계를   5
통치하는 법. 모든 시작과 끝이
이에 달렸다. 침해당한 신들은
저녁땅에 슬픈 재앙을 가져온다.

모나에세스와 파코루스는 벌써
두 번 상서롭지 못하게 감행된   10
우리의 공격을 분쇄하고, 작은
목걸이에 보탠 전리품을 뽐냈다.

다쿠스와 아이티옵스는 내란에
휩싸인 국가를 파괴할 뻔하였다.
후자는 전함으로 두려운, 전자는   15
쏘는 화살로 탁월한 자였다.

악행이 넘치는 세대는 먼저 혼인
침대, 자손과 집안을 더럽히고,

이런 샘에서 솟아오른 역병은
조국과 인민에게 흘러든다.   20

혼기에 이른 처녀는 이오니아의
춤을 즐겨 배우며, 벌써 교태를
몸에 익혀 부정한 사랑을 여린
손톱을 가진 때부터 꿈꾼다.

머잖아 새파란 정부(情夫)들을 남편의   25
술자리에서 물색하며, 등불이
꺼지면 누구와 금지된 즐거움을
재빨리 나눌까, 가리지않는다.

요구만 있으면 남편이 보는데도
대놓고 일어선다. 상인이 부르든,   30
히스파니아의 선장이 부르든,
악행을 비싸게 매입할 고객이라면.

이런 부모를 두지않은 청년이
바다를 카르타고의 피로 물들이고,
쀠로스와 거대한 안티오쿠스와   35
흉악한 한니발을 물리쳤다.

농촌에서 자란 병사들의 사내다운
자손은 밭에서 사비눔의 곡괭이로
흙덩이를 뒤집고, 엄한 어미의
지시를 받들어 패놓은 장작을   40

익숙하게 짊어져 나른다. 태양이
마차를 멈춰 세우고 달콤한 시간을
이끌어 오고, 산 그림자가 바뀌어
지친 소들이 멍에를 풀 때까지.

세월의 저주에 무언들 쇠락하지   45
않을까? 할아비만 못한 아비는
그만 못한 우리를 낳았다. 더욱
못난 자손을 낳게될 우리를.

III 7 왜 울음을 우는가?

왜 울음을 우는가? 아스테리에. 맑은
하늘 귀게스는 봄바람이 불어오는
이른 봄, 튀니의 물산을 가득 싣고
굳건한 신의도 변함없이

돌아올 텐데. 남풍으로 오리쿰에   5
잡혀서 미친 산양좌가 뜨는 쌀쌀한
저녁, 적지않이 눈물 흘리며
그는 잠 못 이루는 밤을 보낸다.

깊이 시름하는 안주인의 전령이
클로에가 당신과 같은 열병으로   10
불타며 한숨 쉰다 전하지만,
그는 온갖 유혹에도 굳건하다.

거짓된 여인이 신의의 프로테우스를
조작된 범죄로 부추겨 순결하기도
너무 순결한 벨레로폰에게 때 이른   15
죽음을 가저온 일을 선하고,

펠레우스가 하계에 떨어질뻔하다
빠져나온 마그네시아의 휘폴리테를

언급하며, 죄짓도록 그를 가르치며
역사를 날조하고 꾸며낼 것이나,   20

헛된 일. 그는 이카로스 암초처럼
귀를 굳게 닫고 소리만 들을 것이다.
당신도 이웃 에니페우스에게 정도
이상 친절하게 굴지말고 조심하라.

누구보다 곧잘 말을 다루는 그보다   25
멋진 자를 마르스 연병장에서 찾을 수
없고, 에트루리아 강둑을 누구보다
빨리 헤엄쳐 건너가는 사람이지만.

초저녁 문을 닫아, 그가 골목에서
부르는 탄식의 노래에 귀를 막아라.   30
계속해서 당신을 부르는 그에게
매몰찬 결연함을 보여주어라.

III 8 삼월 초하루

삼월 초하루 독신의 몸으로 뭘 하느냐,
뭘 하기에 꽃이며, 향 채운 향갑이며,
갓 뜯어와 숯불에 올려놓은 향초는
무어냐, 놀라시겠지요?

당신, 두 가지 말을 배운 당신이여,   5
근사하게 차린 음식과 정결하게 마련한
염소를 주신(酒神)께 드립니다. 나무에 맞아
저승을 보았을 것이나,

한 해가 지나 돌아온 그날에, 잔치를 열고
역청으로 메워 막았던 마개를 뜯어내어   10
툴루스가 집정관을 지낼적 담갔던
술병의 바닥을 보겠습니다.

마에케나스여, 생명을 구한 친구를 위해
백 잔의 술을 드시고, 밤을 지새울 등잔을
새벽까지 밝히십시오. 온갖 원성과 분노를   15
멀리에 떨쳐 잊으십시오.

수도 로마의 국가 걱정은 버려두십시오.
다키아 왕 코티소의 군대는 전몰하였으며

불온한 메디아는 서로에게 슬픔을 가져오는
전쟁으로 반목하였고,   20

히스파니아 해안에 사는 오랜 숙적, 굴복한
칸타브리아는 늦게나마 사슬에 묶였으며,
이미 스퀴티아는 활시위를 늦추고 초원으로
돌아갈 생각을 합니다.

시민들이 무엇으로 근심하는지를 잊고,   25
정무관도 아닌데 너무 괘념치마시고
다만 지금 이 시간이 주는 선물을 즐기며
심각한 일들은 덜어내십시오.

III 9 자네가 나를

'자네가 나를 사랑하고,
눈부신 자네 어깨에 팔을 얹어 우쭐하는
젊은이가 아무도 없을적에
나는 페르시아의 왕보다 행복하였다네.'

'당신이 다른 여인에 마음   5
태우고, 클로에의 뒷전으로 밀리기 전까지
명성 높았던 이 뤼디아는
로물루스의 모친 일리아보다 유명했지요.'

'나를 지배하는 트라키아의
클로에는 달콤한 선율과 키타라에 밝다네.   10
그녀를 위해 죽음도 두렵지 않다네.
내 영혼, 그녀의 생명을 운명이 허락한다면.'

'저와 투리이 오르뉘투스의
아들 칼라이스는 불을 주고받아 불타니,
그를 위해 두 번 죽음도 마다할까.   15
내 소년, 그의 생명을 운명이 허락한다면.'

'만약 옛사랑이 다시 찾아와
헤어졌던 사람들을 청동멍에로 묶는다면,

내가 금발의 클로에를 내보내고,
쫓겨났던 내게 뤼디아가 문을 열어준다면?'   20

'비록 그가 별보다 아름답게
빛나고, 당신은 목피(木皮)보다 가볍고 궂은
아드리아 해보다 사납지만,
기꺼이 당신과 살다가 당신과 죽으렵니다.'

III 10 세상 끝 타나이스강을

세상 끝 타나이스강을 마시고 야만의
남편을 둔 여인이라도, 뤼케여, 사납게
닫힌 문밖에 누워 찬바람 맞는 나를
가엾게 생각했을 것인데.

그대 듣는가? 문짝이 얼마나 떠는지,   5
고운 집들 틈에 심은 나무들이 바람에
얼마나 우는지, 청명한 유피테르가
쌓인 눈을 어찌 얼게하는지?

베누스가 고깝다할 오만을 접으오!
도르래가 튀면 줄도 도로 풀리는 법.   10
청혼자들에게 냉담한 페넬로페로 그댈
튀레눔의 부모가 낳지는 않았을 터.

그대를 선물도 간절한 애원도, 사랑을
품은 이들의 파랗게 질린 얼굴도,
피에리아 첩 때문에 냉랭한 남편도   15
꺾지못하다니! 탄원을

가엾다하오. 참나무처럼 뻣뻣하고
마우리타니아 뱀처럼 차가운 여인아.

이 옆구리도 계속 문턱을, 떨어지는
비를 견디진못하리다.   20

III 11 메르쿠리우스여

메르쿠리우스여, (그대를 선생으로 모신
암피온은 노래로 바위를 움직였습니다.)
그리고 너, 일곱 현을 걸어 소리내는
거북등의 악기여,

전에는 침묵하며 환영받지 못하던, 이제   5
부자의 식탁과 신전에서 사랑받는 악기여,
노래를 불러라. 완강히 틀어막은 뤼데의
귀를 열어라.

마치 세 살 먹은 암말처럼 넓은 들판에서
달리며 날뛰며 놀뿐, 손대면 질겁하여   10
혼인은 생각도않고, 달려드는 남편감에
지금껏 사납게 군다.

너는 범을 제압하며 나무들도 추종자로
만들며, 급류의 강물도 멈추게 한다.
위안을 주는 너에게는 무서운 저승문의   15
문지기 케르베루스도

꼬리를 내렸다. 복수여신들의 백 마리
뱀들이 머리를 쳐들고 흉측한 숨결이

불타오르고 세 갈래 혓바닥에서 독이
흐르는 괴물인데도.   20

힘겨운 얼굴의 익시온과 티튀오스조차
웃음을 웃고, 잠시 항아리는 비워지니
너의 고운 노래에 다나오스의 딸들도
일손을 내려놓는다.

뤼데는 저 처녀들의 범죄와 처벌을   25
새겨들어라. 구멍 뚫린 물독에
새어나가는 물을 채우는 헛된 일,
나중에 닥친 운명,

하계에 이르러 형벌을 받게되었다.
불경하게도, (이보다 엄청난 게 있을까?)   30
불경하게도 사나운 무기로 남편들을
죽음으로 몰았기 때문.

그중 오직 하나만이 횃불 밝힌 혼인에
정당한 일, 아비를 속이는 맹세이나,
영원토록 명예로운 거짓말로 이름 높을   35
처녀가 되었다.

'일어나세요.' 그녀는 신랑에게 말했다.
'일어나세요. 걱정없이 긴 잠을 청할
때가 아닙니다. 당신 장인과 악을 범한
언니들을 피하세요.   40

황소 만난 사자처럼 언니들은, 맙소사,
남편들을 죽였어요. 우유부단한 저는
언니들처럼 잔인할 수가, 당신을 감옥에
가둘 수가 없어요.

아버지가 저를 가혹한 사슬에 묶으셔도,   45
가련한 남편을 동정했다는 이유로
저를 혹은 누미디아 사람들의 변방으로
실어다 버리신대도.

발과 바람이 이끄는 데로 떠나가세요.
어둠과 베누스가 도우사, 무사히 떠나   50
가세요. 그리고 무덤에는 저를 기억할
슬픈 노래를 새겨주세요.'

III 12 사랑을 즐기지도

사랑을 즐기지도 달콤한 포도주로 슬픔을
씻어내지도 못하며, 백부의 입에서 떨어지는
질책에 질겁하는 소녀들은 가련하다.

네게서 퀴테라의 날개 달린 소년이 바구니와
베틀, 솜씨 좋은 미네르바의 과업을 앗아갔다.   5
네오불레여, 리파라 헤브루스의 광채가.

티베리스에서 기름 바른 어깨를 씻어내는,
벨레로폰보다 훌륭한 기사, 주먹으로나
느린 발로는 결코 이길 수 없는 기사,

그는 들판을 가로질러 혼비백산 도망치는   10
사슴무리를 투창으로 꿰는데 능하고, 빼곡한
풀숲에 숨은 멧돼지를 포획하는 데 빠르다.

III 13 반두시아의 샘

반두시아의 샘, 유리알보다 맑으며
술에 섞을 달콤한, 꽃 가득한 샘이여!
청명한 날에 네게 염소를 바치리라.
잔뜩 약 오른 이마로 뿔을 앞세워

다투어 사랑의 경쟁자를 물리쳤으되   5
이번은 허사로다. 너의 차가운 냇물을
희생의 붉은 피로 물들이니, 음탕한
짐승의 자손을 내 바치리라.

불타는 천랑성을 따른 혹서의 계절도
너를 침범치못하니, 즐거운 찬물을   10
밭갈이에 지쳐 돌아온 소들에게, 들을
헤매던 가축에게 너는 내어준다.

너도 이름 높은 샘의 하나가 되리라.
내가 속 빈 동굴 가에 선 떡갈나무를,
거기서 수다스럽게 떨어지는 너의   15
맑고 영롱한 물방울을 노래할 테니.

III 14 헤라클레스처럼

헤라클레스처럼, 백성이여, 승리를
얻기 위해 목숨을 치렀다 전해진
카이사르가 히스파니아 해변에서
페나테스로 돌아왔다.

한 명의 남편에 기뻐하는 부인은   5
정당한 희생제를 바칠지어다.
빛나는 사령관의 누이도, 기원의
머리띠를 매었던

모친과 딸들, 무사귀향한 청년의
모친도. 소년들아, 남편을 아직   10
두지않은 소녀들아, 흉하고 불길한
발언을 삼가라.

오늘 잔치를 벌여 나에게서 검은
근심을 몰아내리다. 소요와 폭력의
죽음을 두려워않는 건 카이사르가   15
이 땅을 다스리기 때문.

아이야, 향유와 화관을 내오너라!
마르시의 전쟁을 기억하는 술단지와,

휩쓸던 스파르타쿠스를 어찌 피했던
술잔도 가져오너라.   20

전하라! 고운 소리의 네아이라에게
붉은 머리를 묶고 서둘러 오라고.
만약 고약한 문지기가 길을 막아
지체커든, 그만두어라.

마음은, 다툼과 굽히지않는 싸움에   25
목마른 마음은 백발에 가라앉으니.
플랑쿠스가 집정관이던 한창때라면
참지못할 것이나.

III 15 가난한 시인

가난한 시인 이뷔코스의 아내여,
그만 쓸데없는 헛일을 관두소.
듣기도 부끄러운 수고를 말이오.
장례식에나 맞춤인 당신이

처녀들 사이에 끼어 춤이라니,   5
별들사이에 어둔 안개를 거두소.
넉넉히 플로에게는 어울리나,
클로리스여, 당신에게는 사납소.

당신딸은 사내들을 작살내는,
북을 치며 춤을 휘모는 튀이아스.   10
노투스에게 안달 내는 그녀는
음탕한 사랑의 염소, 놀자고 애걸.

당신은 귀한 루케리아 양털로
실이나 자으소. 키타라가 무엇이며
붉은 장미가 무슨 아랑곳이란 말이오.   15
시든 몸으로 술병 바닥을 보겠다니, 원.

III 16 청동탑에 갇혀있는

청동탑에 갇혀있는 다나에를,
당당한 성문과 밤을 지키는 개들의
무시무시한 막사가 충분히 에워싸고
밤에 올 사랑을 막을 것이나,

숨겨진 처녀를 감시하며 근심하던   5
아크리시오스를 유피테르와 베누스는
하나 비웃지않았는가. 황금변신의
신에게 길은 넓었다.

황금은 수많은 초병을 뚫고 지나가며
바위마저 깨뜨리고, 떨어지는 벼락보다   10
강력하다. 아르고스의 예언자가 다스린
집안은 돈 욕심 때문에

파멸속으로 가라앉았다. 마케도니아
남자는 도시의 문들을 열도록 경쟁자
왕들을 선물로 구슬렸다. 선물은 전함을   15
이끈 굳센 장군들도 녹인다.

근심은 덩치를 부풀려 재물을 따르며
더 많은 보화에 굶주린다. 사양하노니

나는 목을 빼 멀리 살피지 않겠다.
기사의 영광 마에케나스여,   20

각자는 덜어내는 만큼 신들에게서
받을 것이다. 욕심 없는 이들의 성을
찾아, 발가벗은 나는 부자마을을
버리고 떠나가는 변절자.

재물을 경멸하는 주인으로 나는 더욱   25
빛나니, 거둔 것을 모조리 곳간에다
숨기고도 풍요가운데 가난하기에
쉬지않는 아풀리아 농부보다.

깨끗한 물이 흐르는 강과 작은 땅의
숲과 내 밭에서 자라는 굳은 믿음이   30
행복으로 행복함을 비옥한 아프리카의
찬란한 권력은 모르지만.

꿀을 따는 칼라브리아 벌들이 없어도,
박쿠스가 익는 라이스트뤼고니아의
항아리가 없어도, 살진 양 떼가 자라는   35
갈리아 들판이 없어도

혹독한 가난은 내게서 멀리 있으며
더 많은 것을 바란들 얻지못할까마는,
욕심을 줄이고 작고 하찮은 수입일망정
크다 넉넉히 생각하니   40

뮈그도니아를 알야테스 왕국에까지
이어 붙인 것도 아쉽지않다. 많이 바라면
많이 부족할 뿐, 작은 손에 한 움큼을
신이 허락하시니 좋을 따름이다.

III 17 옛날 라무스 혈통을

옛날 라무스 혈통을 이은 아일리우스여!
이로부터 먼 옛날옛적 라미아라 불린
사람들이 있었다 전해지며, 축제연보에
기억되는 만대의 자손들 모두는

그분을 시조로 삼아 씨족뿌리를 밝혔다.   5
그분은 포르미아 사람들의 성벽과
마리카의 하구로 흘러가는 리리스강을
널리 다스리는 우두머리였다,

왕이었다 전한다. 내일은 많은 낙엽으로
숲을, 그리고 쓸모없는 해초들로 해안을   10
남풍에 몰려온 폭우가 뒤덮을 터라.
만약 비를 예언하는 조점관, 장수하는

까마귀가 맞는다면. 그대 할 수 있을 때
마른 장작을 쌓으시게. 내일은 독주로
생일을 차리고, 두 달배기 돼지도 잡고   15
하인들은 노역을 쉬도록 하시게.

III 18 도망하는 요정들을

도망하는 요정들을 연모한 파우누스여,
저의 땅과 햇살 가득한 시골집으로
가볍게 오셨다가 가축 어린 것들에게
좋은 마음으로 떠나시길!

꽉 찬 한 살배기 어린 염소를 잡아놓고   5
베누스의 추종자 술단지에 포도주가
가득히 없지않고 옛 제단에는 향을
가득히 피워 올립니다.

풀이 자란 들판에 온통 가축이 놀고
섣달 초닷새 당신의 축일이 돌아옵니다.   10
잔치 벌인 풀밭에 한가한 소 떼와 함께
마을은 일손을 놓습니다.

건방진 양 떼 주변으로 늑대가 맴돌고,
숲은 마른 이파리를 밭에다 흩뿌리며,
땅을 일구는 농부는 즐거워 미워하는   15
대지를 세 박자로 구릅니다.

III 19 이나코스에게서

이나코스에게서 몇 대나 떨어져
나라를 위해 목숨 던진 코드로스가 있는지,
아이아코스 집안과 신성한
일리온의 전쟁을 당신은 이야기합니다.

얼마를 주면 키오스의 술단지를   5
살 수 있는지, 누가 불을 피워 물을 데우는지,
누가 장소를 제공하는지, 언제쯤
파엘리그니의 추위가 가실지는 침묵합니다.

새로 시작한 달을 위해 따르라!
따르라, 깊은 밤을 위해, 아이야, 따르라, 조점관   10
무레나를 위해. 삼 홉이나 구 홉
포도주로 편할 대로 술을 섞어 잔을 채워라.

홀수의 무사여신들을 사랑하는,
세 번에 삼 홉 포도주를 마시고 영감을 얻은
시인. 세 잔 이상은 금물이니   15
손대지 말라하며 소란이 두려운 그라티아는

벌거벗은 자매들과 어울리고.
미치는 것도 즐거운 일. 어찌 베레퀸티아의

피리소리가 멈추었으며
어찌 침묵의 뤼라는 피리와 함께 벽에 걸렸는지?   20

나는 쩨쩨하고 인색한 손을
멀리하노니, 장미를 뿌려라. 아니꼽게 바라보는
뤼쿠스는 미친 듯이 요동치는
음악을 들어라. 뤼쿠스 노인이 감당 못할 여인도.

많은 머리숱의 빛나는 당신을,   25
맑게 갠 저녁하늘과도 같은 당신을, 텔레푸스여
몸이 뜨거운 로데가 찾아왔고,
글뤼케라의 사랑은 서서히 나에게 불을 지핀다.

III 20 알지 못하겠나

알지 못하겠나? 엄청난 위험으로 네가
퓌로스, 가이툴리아 암사자에게서 자식을
훔친 걸. 머잖아 전쟁을 피해 달아나는
겁에 질린 약탈자가 되리다.

저지하는 청년수비대를 뚫고 어미가   5
빛나는 네아르쿠스를 찾으러 올 때에
인질이 네 차지일지 아니면 억센 어미가
가져갈지 큰 전투가 벌어지겠다.

네가 재빠른 화살을 꺼내드는 동안,
어미는 가공할 만한 이빨을 벼를 것이고,   10
대결의 심판이 된 소년은 벗은 발아래
승리의 야자수잎을 던져버리고

향수로 젖은 머리가 가린 어깨를 잔잔히
불어오는 바람에 식혔다 전해지겠다.
예전 니레우스 혹은 샘이 많은 이다산에서   15
납치된 소년이 그러했듯이.

54

III 21 만리우스가 집정관일적에

만리우스가 집정관일적에 나와 함께 태어나,
한스러운 원망을 혹은 즐거운 농담을
혹은 먹살잡이싸움을 혹은 넋 잃은 사랑을
혹은 편한 잠을 실어 나르는 경건한 술단지여!

누구의 이름표를 달았든 마시쿠스 포도주를   5
담고있는 너는, 오늘 행차하기에 좋은 날
내려오너라. 코르비누스가 달콤하고
부드러운 포도주를 거르라한다.

그가 비록 소크라테스적 대화에 취했지만
너를 두렵다 마다하며 멀리하진않으리다.   10
옛사람 카토도 그런 아량이 있어 종종
독한 포도주로 몸을 덥혔다 하지않더냐.

너의 부드러운 고문은 더없이 모진 이도
녹여놓으며, 너는 지혜를 사랑하는 자들의
고민거리와 가슴에 감추어둔 생각을   15
털어놓게 만드는 유쾌한 해방자.

너는 두려워하는 마음에 희망과 용기를
찾아주며, 가난한 자에게 풍요의 뿔을 주나니

너를 알게 된 자는 왕들의 성난 얼굴도,
군인들의 전쟁도 두려워하지않는다.   20

박쿠스와, 만약 즐거이 함께한다면 베누스와,
좀체 춤추길 멈추지않는 그라티아 여신들과
꺼지지않는 등잔불이 너와 더불어 놀겠다.
포에보스가 돌아와 별을 쫓을 때까지.

III 22 높은 산과 깊은 숲을

높은 산과 깊은 숲을 수호하는 처녀신이여!
당신은 태중의 아이로 신음하는 소녀들이
세 번 외치는 것을 듣고 사경에서 구하는
세 모습의 여신입니다.

저의 집 커다란 소나무는 당신 것입니다.   5
거기에 저는 지난 세월 매년 기꺼이,
비스듬한 공격을 꾀하는 어린 수퇘지의
피를 바쳤습니다.

III 23 하늘을 향해

하늘을 향해 손바닥을 들어 보이며,
시골아낙 피뒬레여, 달이 차오를 때
향을 피워 새로 추수한 곡식과
살찌운 돼지를 성주신께 올리면,

죽음을 가져올 남풍에도 포도나무는   5
풍요로울 것이며, 곡물은 마름병을,
어여쁜 가축들은 결실의 하늘에
닥치는 고된 시간을 견뎌내겠다.

눈 내린 알기두스, 참나무들 틈에서
풀을 뜯는, 혹은 알바롱가 목장에서   10
키워지는 가축은 도끼를 들어 목을
내리치는 대제관들이나 바치는

희생제물이니, 당신은 그렇게 하지
않아도 좋겠다. 작은 신들을 모실 때는
많은 양을 죽여 바치거나, 바다 이슬과   15
여린 도금양으로 장식하진마라.

부정을 씻어낸 손으로 제단을 차리고,
흐드러진 음식이 아니라도 정갈하다면

정성 어린 밀가루와 소금 절인 낟알로도
돌아선 조상신을 달랠 수 있겠다.   20

III 24 누구도 얻지못한

누구도 얻지못한 아라비아
보물과 인도의 풍요보다 큰 재산을 가진
당신은 초석을 놓고 기둥을
박아 튀렌툼 바다를 전부 독차지하지만,

만약 더없이 높은 당신   5
지붕에 두려운 운명이 강철못을 박는다면,
당신은 두려움에서 영혼을,
죽음의 사슬에서 머리를 풀어내지못하리다.

하나 초원에 사는 스퀴티아
사람들은 집을 마차에 싣고 철 따라 떠돌며   10
살아가고, 강인한 게타이
사람들은 무한한 광야에서 얻는 자유로운

곡식들과 케레스의 선물을
수확하되 한 해 이상의 농사는 마다하며,
일에 지친 기운을 회복하려   15
떠나가며, 같은 조건으로 남에게 맡긴다.

그들의 여인은 어미 잃은
의붓자식에게 선의를 보이고, 많은 지참금을

가져왔다 부인이 남편을
휘두르지도 멋쟁이애인을 두지도않는다.   20

그들에게 지참금은 오로지
부모에게 배운 큰 덕이며, 외간남자를 피하고
굳건한 맹세로 정결을 지키니
부정은 불경이라, 혹은 죽음이 그 대가였다.

불충한 살인과 시민들의   25
광기를 멎게하길 원하는 자가 있어 누구든
자기 동상에 국부(國父)라 새겨지길
원한다면 떨쳐 일어나 무절제한 방종에

재갈을 물리시라,
후세에 이름 높을 사람이여! 불경하구나,   30
살아있던 덕은 질투하고
시기하더니 사라진 덕을 다시 찾는 우리는.

처벌로도 죄악이 없어지지
않는다면, 가슴 치는 통탄은 무슨 소용인가?
법률로도 다스리지 못하는   35
세태에 헛된 법률은 무슨 소용인가? 불타는

열기로 달아오른
땅도, 북풍의 보레아스와 이웃한 세계도,
땅속 깊이 얼어붙은 만년설도
장사꾼을 물리쳐 막지못한다. 약삭빠른   40

뱃사람들은 험한 바다를
장악하고, 큰 창피라 할 가난이 명한 대로
무엇이든 저지르니 가파른
덕의 길을 버리길 대수롭지않다한다.

혹은 카피톨리움 언덕,   45
지지자들의 함성과 고함이 울리는 곳에,
혹은 가까운 바다에
진주와 귀한 보석에 보태어 무익한 황금,

악업을 부추기는 물건을,
던져버리자. 진정으로 죄를 후회한다면.   50
잘못된 것을 찾는 욕심의
뿌리를 잘라내야하며, 너무 약하고 어린

마음을 독하고 강한

훈련으로 단련시켜야한다. 말 타길 못 배운
명문가 자제는 말을 타고   55
사냥하기는 두려워하나, 놀기는 잘도 배워

때로 희랍 굴렁쇠놀이를,
때로 법으로 금지된 주사위놀음을 명한다.
부모는 거짓된 맹세로
친구들과 동료들과 손님들을 속이며,   60

부당한 상속인에게
재물을 서둘러 물려주고, 고약한 재산은
분명히 늘어가는데
어째서인지 모르나, 쓸 돈은 늘 부족하다.

III 25 박쿠스여, 어디로

박쿠스여, 어디로 가십니까? 당신으로
가득한 저를 데리고? 어느 숲, 어느 동굴로
낯선 기운에 나는 듯 저를 데리고? 어느
동굴에서 위대한 카이사르의

영원할 위업을 하늘의 별과 유피테르의   5
회합에 넣는 저의 노래를 들려드릴까요?
저는 훌륭하고 새롭고 이제까지 누구도
하지않은 노래를 합니다. 에돈산

산등성이에서 갑자기 헤브룸을 보며,
흰 눈이 덮인 트라키아, 거친 흥분의 발에   10
밟히는 로도페를 보았던 에우히아스와
다르지않게, 저는 세상 멀리 벗어난

강둑과 인적이 끊긴 숲을 경배합니다.
숲의 요정들을 다스리는 신이여! 손으로
높은 물푸레나무를 휘어놓을 만큼 힘센   15
여인들을 다스리는 신이여!

저는 결코 하찮은 것은 혹은 천박한 것은,
사멸할 것은 노래치않습니다. 레나이에여,

푸르른 포도잎사귀로 머리를 묶는 신을
따르는 것은 달콤한 위험입니다.   20

III 26 저는 여태 소녀들의

저는 여태 소녀들의 사내로 살았고,
싸워 승리도 전혀 없진않았습니다.
이제는 싸울 연장들과 전투에 지친
칠현금을 담벼락에 걸어둘 겁니다.

바다에서 태어난 베누스의 왼편을   5
지키는 담벼락에. 여기, 여기에 너희는
불타는 횃불과, 빗장 걸고 저항하던
문에 위협을 가하던 활을 내려놓아라.

복이 넘친 퀴프로스, 시토니아 눈발을
볼 수 없는 멤피스를 다스리는 여신,   10
주인이여! 당신의 신성한 채찍으로 한번
콧대 높은 클로에를 세게 치십시오.

III 27 불길한 울음을

불길한 울음을 울어대는 올빼미,
새끼 밴 암캐, 라누비움에서 온
회색늑대, 해산한 여우는 불경한
이들의 앞에 서고,

뱀은 발걸음을 뗀 말앞에 튀어나와   5
쏜살같이 길을 어슷 가로질러
말들에게 덤벼라. 난 내가 아껴야할
여인을 위해 길조를,

임박한 폭우를 예언할 줄 아는 새가
고요한 연못을 다시 찾아오기 전에,   10
해 뜨는 곳을 향해 기도로 길한
까마귀를 깨우리라.

그대는 가는 어디에서든 행복하길!
갈라테아, 나를 기억하며 살아가길!
왼쪽의 딱따구리와 떠도는 까마귀가   15
그대 갈 길을 막지않기를!

그대는 오리온이 기울어 요동치는 걸
보고있고, 나는 아드리아 포구가

어두워지고 맑은 하늘 서풍이 죄를
꾸미는 걸 보고있다.   20

적의 부인들과 자식들이 치솟는
남풍의 어두운 격랑과 검은 바다의
소란, 부서지는 파도에 비명 지르는
뱃전을 보아야 할 것을.

그렇게 에우로파도 눈처럼 흰 몸을   25
거짓모습의 황소에게 맡겼고, 야수
가득한 바다, 위험속에서 무모한
여인은 창백해졌다.

들꽃을 꺾는 데만 열심일 것이지.
요정들에게 화관을 약속하더니만   30
어두운 하늘의 별들, 망망대해를
여인은 보게 되었다.

일백의 도시로 강력한 크레타섬에
닿자 말하되, '아버지, 딸 된 도리를
저버린 딸이여! 광기에 굴복해버린   35
딸의 의무여!

어디에 닿은 건가? 처녀들이 저지른
잘못에 한 번의 죽음도 가볍다. 죄를
후회하며 잠 못 드는가? 아님, 죄 없는
나를 환영이 놀리는가?   40

상아의 문으로 꿈을 가져다주는
거짓된 환영이? 멀고 먼 파도를 넘는
여행이 나았을까, 아니면 갓 피어난
꽃을 꺾는 것이 나았을까?

누군가 내게, 망신을 안긴 황소를 성난   45
내게 준다면, 한때 많이 사랑했던
괴물, 그 뿔을 칼로 들이부수고
산산이 쪼개리다.

부끄럽지 않은가, 조상을 저버림이?
부끄럽지 않은가, 죽음을 지체함이?   50
어느 신이 들으신다면, 사자무리에
저를 벗겨 세우시길.

수줍은 볼이 굶주림에 시들고, 가녀린

전리품인 이 몸에 체액이 고갈되기 전,
아직 볼만할 때 호랑이의 먹잇감이   55
되어지길 바라노니.

아버지는 멀리서, "몸을 망친 에우로파,
어찌 죽기를 망설이느냐? 여기 나무에,
다행히 네게 복종한 허리띠로 네 목을
매달아 부수어라.   60

아니, 절벽과 날카로운 죽음의 암벽이
너를 원한다면, 빠르게 소용돌이치는
바람에 몸을 맡겨라. 만일 주인의
옷을 만들길 감당하고

왕가혈통이 주인의 애첩으로 야만의   65
안주인을 만나는 걸 원치않는다면."
하시리라.' 배신을 후회할 때 베누스와
활을 내린 아들이 다가와

한참을 놀리고 '이제 그만해라! 그대
분노와 성급한 시비를 멈추어라.   70
밉다한들 황소가 옛다 부수라고

뿔을 내주진 않을 테니.

무적 유피테르의 부인(婦人)된 줄 모르는가?
울음을 멈추어라. 커다란 운명을
짊어지길 배워라. 세계의 한 부분이   75
그대 이름을 가지리라.'

III 28 넵투누스를 위한 축일에

넵투누스를 위한 축일에
나는 달리 무엇을 하나? 감춘 카이쿠붐을
조용히 내어놓아라! 뤼데여,
그리고 지혜의 성벽에 공세를 펼쳐라.

정오의 해가 기우는 것을   5
알면서도 너는, 새처럼 빠른 하루가 멈춘 양
너는 창고에서 잠자는
집정관 비불루스의 술독을 내오지않누나.

우리는 번갈아 노래하여
넵투누스와 푸른 머리의 바다요정들을 부르고,   10
너는 등이 굽은 뤼라로
라토나와 발이 빠른 퀸티아의 화살을 연주하고,

노래끝에, 퀴클라데스 섬들과
파포스를 제압하고 백조를 데리고 크니도스를
찾아가는 여신을 연주하라.   15
또한, 이 밤에 어울리는 슬픈 노래를 불러라.

III 29 그대를 위하여

그대를 위하여, 튀레니아 왕족이여,
전에 쓴적 없는 술잔에 담은 소박한
포도주와 장미꽃을, 마에케나스여,
당신 머리에 바를 향유를 짜서

벌써 내 우거에 마련하였다. 지체치   5
마오. 늘 젖은 티부르, 아이풀라의
경사지, 제 아비를 죽인 텔레고노스의
산등을 그저 쳐다보지만마오.

지겨울 만큼 넘쳐나는 과도한 재물과
구름에 닿을 높은 저택일랑 버리오.   10
행복한 수도 로마에 서린 자욱한 연기,
화려함과 번잡함을 잊으오.

부자에게도 삶의 변화는 큰 즐거움.
빈자의 작은 화덕에 마련된 정갈한
저녁에 휘장이나 다홍깔개는 없으나   15
시름 그득한 이맛살은 펴게되겠다.

밝은 안드로메다의 아비가 벌써 어둔
불을 밝히고, 프로퀴온은 광분하고

사자좌는 제정신을 잃으니, 태양이
메마르고 가문 날들을 몰고 온다.   20

벌써 지친 목동은 늘어진 가축들과
그늘을, 물가를, 섬뜩한 실바누스의
숲을 찾아가는데, 물소리조차 숨죽인
강둑에는 떠도는 바람조차 없다.

그대는 국가를 어찌 지탱해야할지   25
근심하고, 수도를 위해 염려하며
세레스인들과 퀴로스의 박트리아를,
혼란의 타나이스강을 걱정하나,

현명한 신은 드러나게 될 결말을
칠흑 어둠 깊이 감추어 버렸으며,   30
합당치를 넘어서는 인간의 걱정을
조롱한다. 지금 있는 것을 차분하게

꾸려갈 생각으로 나머지는 강물에
흘려 맡겨두오. 때로 강줄기를 따라
평화롭게 강은 에트루리아 바다로   35
내려가고, 때로 물에 깎인 바위들을,

뿌리 뽑힌 나무들을, 가축과 가옥을
휩쓸며, 이웃한 산들과 숲들의 비명,
사나운 급류가 조용한 강물을
흔들어 깨운다. 자신을 이겨내고   40

매일 이렇게 말할 수 있는 사람은
행복할 것이오. '난 하루를 마쳤다.
내일은 어쩌면 검은 구름으로,
어쩌면 맑은 태양으로 아버지께서

하늘을 채우시라. 하나 이미 지나간   45
시간은 그분도 되돌릴 수 없고,
달아나는 시간이 가져간 것은 그분도
돌이켜 없애지 못하는 법이로다.'

운명은 잔인한 사건에 즐거워하며
우왕좌왕 장난을 멈추지않으며 때로   50
나에게, 때로 남에게 호의를 베풀어
명예를 이리저리 옮겨놓는다.

나는 한결같음을 칭송한다. 운명이

날개를 펴면, 내게 허락되었던 것을
도로 내주고, 용기로 나를 단속하여   55
지참금 없는 가난을 받아들이겠다.

아프리카 폭풍에 돛대가 신음하면
가련한 소원을 빌러가고, 간절히
빌어 퀴프로스와 튀리아의 보화가
욕심 사나운 바다를 배 불리지않게   60

해달라 비는 것은 내 할 일이 아니니,
그때 나는 이단노의 작은 배를 타고
에게 해를 건너겠고, 미풍과 쌍둥이
폴뤽스가 나를 무사히 이끌어주겠다.

III 30 청동보다 영원할

청동보다 영원할 위업을 나는 이루었노라.
피라미드 꼭대기 제왕의 보좌보다 높아라.
뭐든지 먹어치우는 폭우도, 난폭무도한
북풍도 무너뜨리지 못하며, 무수한 세월의

흐름, 달음질치는 시간도 어쩌지못하리라.   5
사라져도 모두는 아닐 것이며 나의 대부분은
리비티나를 피할 것이다. 후대에도 한없이
칭송이 계속 커질 것이며, 카피톨리움에

대제관과 침묵의 처녀가 명맥을 이어간다면.
사나운 아우피두스가 요란히 울어대는 곳,   10
가뭄에 시달린 다우누스 왕이 시골백성을
다스리던 곳에서 미천한 신분으로 태어나

아이올리아 노래를 처음 이탈리아 운율에
맞추어 불렀다 나를 얘기하리라. 공로에
마땅한 영광을 받으시고 델포이 월계수로,   15
멜포메네여, 기쁘게 제 머리를 묶어주소서.

근심은 노래로

carmine curae

IV 1 베누스여, 오랜 세월

베누스여, 오랜 세월 멈추었던
전쟁을 재개하십니까? 청하고 청하오니 멈추소서.
지금의 저는 예전의 제가, 착한
키나라에게 부림 받던 제가 아닙니다. 멈추소서

달콤한 쿠피도의 잔혹한 어머니여!   5
거의 오십 먹은 저를, 말랑한 명령을 따르기엔
이미 뻣뻣한 저를 꺾으려 마소서. 애타는
청년들의 소망이 당신을 부르는 곳으로 가십시오.

지금은 막시무스 파울루스에게로
백조의 빛나는 날개를 타고 가셔야 할 때입니다.   10
마땅한 이의 애간장을 달구시려거든,
게로 날아가 흥겹게 놀아보실 수 있을 겁니다.

훌륭한 성품과 당당한 몸집의,
시름에 빠진 피고를 두고 침묵하지않는 그는
수백 재주를 갖춘 소년으로,   15
당신 전쟁의 깃발을 사방에 나부낄 겁니다.

그리하여 재물을 뿌려대는
경쟁자를 무찌르고 압도하고 조롱하는 그는

알바누스 호숫가에 당신을 위해
대리석 조각을 커다란 노송 아래 세울 겁니다.   20

게서 더할 수 없이 많이 유향을
코로 들이키며, 뤼라와 베레퀸티아의 피리와
목동의 피리가 빠짐없이 어울려
연주하는 노래에 당신은 즐거워하시게 될 겁니다.

게서 하루에 두 번 소년들은   25
곱상한 처녀들과 어울려 당신 뜻을 칭송하며
말끔히 닦은 발로 살리움풍의
세 박자 율동에 맞추어 땅을 구를 겁니다.

저에겐 여인도 소녀도 아니,
언젠가 돌아오리라 믿는 희망은 더욱 아니,   30
독주로 겨루기도 아니,
갓 핀 꽃들로 묶은 머리도 아니 즐겁습니다.

한데 어찌, 리구리누스, 어찌하여
내 뺨을 타고 외로운 눈물은 흘러내리며,
어찌하여 달변의 내 혀는   35
말하다 말고 어울리지않는 침묵에 빠지는가?

밤으로 찾아드는 꿈에서 나는
그대를 잡아두고, 때로 날쎈 그대를 따라간다.
마르스 연병장의 초원으로,
휘도는 강물을 헤엄쳐, 잔인한 사람아, 그대를.   40

IV 2 핀다로스에 도전하는

핀다로스에 도전하는 사람들은 모두,
율루스여, 다이달로스의 솜씨로 엮은
밀랍날개에 의지하다가 투명한
바다에 그들의 이름을 남길 것이다.

폭우가 평상시의 강둑을 넘어 격류를   5
키우면 산에서 쏟아지는 강물처럼,
핀다로스는 헤아릴 수 없는 입으로
주체할 수 없이 넘쳐흘러 쏟아냈다.

아폴로의 월계관을 썼어야할 시인은
과감한 디튀람보스로 미답의 새로운   10
시어들을 퍼부으며 법칙에서 벗어난
운율을 따라 노래했다 전하며,

신들과 왕들, 켄타우로스에게 마땅한
죽음을 가하고, 진저리나는 키메라의
불꽃을 소멸시킨 신들의 혈통을   15
찬양할 때에도 그러했다 전하며,

천상의 종려나무를 엘리스에서 집으로
가져가는 승자들, 권투선수 혹은 말을

칭송하여 수백의 상을 압도하는 선물로
선물할 때에도 그러했다 전하며,   20

젊은 날 남편을 잃어 슬픈 여인을 위해
남편의 힘과 지혜, 황금처럼 빛나는
태도를 천상의 별로 이끌고, 칠흑같은
하계를 통탄할 때도 그러했다 한다.

큰바람은 디르케의 백조가 하늘 높은   25
구름으로 도약할 때마다, 안토니우스여,
창공으로 그를 들어 올린다. 하나 나는
마디누스 꿀벌이 일하는 모양으로

귀한 백리향 꿀을 끝없는 노고로 모으며
서늘한 숲 속을 거닐고 촉촉한 티부르   30
강둑을 따라 걸으며 고생스러운 노래를
자그마한 목소리로 빚고 있다.

시인인 그대가 커다란 칠현금을 켜고
카이사르를 노래하라. 신성한 비탈길을
지나 승전의 치장을 머리에 쓴 그가   35
잔혹한 쉬감브리족을 끌고 갈 때에

그의 업적보다 위대하고 훌륭한 일을
대지의 인간에게 운명과 선한 신들은
허락한 적 없으며, 옛 황금시대가
돌아온들 허락하지않을 것이다.   40

그대는 즐거운 날들과 수도 로마의
시민축제를, 바라고 바라 마지않던
용감한 아우구스투스의 귀환을 맞아
정쟁이 멈춘 광장을 노래하라.

그때 나는 들어줄만한 노래를 불러,   45
최선의 목소리로 '아름다운 태양아,
칭송받아 마땅한 사람아!' 즐거이
카이사르의 귀환을 노래할 것이다.

그의 행진에, '기쁘다, 개선 행진'을,
여러 번 '기쁘다, 개선 행진'을 우리   50
시민 모두는 노래하며, 자비를 베푸신
신들에게 향을 바칠 것이다.

그대는 각 열 마리 황소와 암소를,

나는 여린 송아지, 갓 어미와 떨어져
부드러운 건초를 먹고 내 소망대로   55
자라준 송아지제물을 바칠 것이다.

매달 초삼일에 뜨는 초승달을 닮은
휘도록 굽은 불꽃을 흉내 내어 이마에
초승달을 달고 있는 송아지를, 보기에
희고 대체로 황금빛의 송아지를.   60

IV 3 멜포메네여, 당신의

멜포메네여, 일단 당신의
인자한 눈빛을 태어날 때 받은 사람을
이스트미아의 업적도
권투선수로 알리지 못하며, 살진 종마도

아카이아 경기장에서 그를   5
승자로 이끌지 못하며, 전쟁도 델로스의
월계관을 쓴 장군으로 그를
치장하여 제왕의 두려운 위협을 물리쳤노라

카피톨리움에 세우지못하리니,
풍요로운 티부르를 흘러 지나가는 강물과   10
숲의 빽빽한 나무들이 그를
아이올리아 노래로 유명하게 만들 겁니다.

도시 중의 으뜸인 로마의
자손들은 사랑스러운 합창대 가운데 저를
시인으로 세우고자 원하니,   15
저를 질투의 이빨이 갉아 먹지 못합니다.

황금 뤼라의 달콤한
소리를 다스리시는 피에리아의 통치자여!

물고기마저 변신시켜
원하신다면 백조의 목소리를 주실 분이여!   20

지나가는 사람들이 저를
손으로 가리켜 로마 칠현금의 주자라 함은,
이는 오직 당신의 공. 저의
호흡, 사랑받는다면 사랑도 당신의 공입니다.

IV 4 마치 번개를

마치 번개를 실어 나르는 시종 독수리를,
— 신들의 왕은 떠도는 새들의 통치권을
그에게 주었다. 황금의 가뉘메데스 일에서
유피테르가 충성을 확인하였기 때문이다.

지난날 젊은 혈기와 물려받은 용기가   5
고통을 모르는 그를 둥지 밖으로 밀쳤고,
봄바람은 이내 구름을 멀리 몰아내어
두려움에 떠는 그에게 서투른 날갯짓을

가르쳤다. 머잖아 목장에 거니는 양 떼를
공격하도록 생명의 충동이 그를 부추겼고   10
이제 끈덕지게 저항하는 뱀들과 싸우도록
굶주림과 전투욕이 그를 몰아붙였다 —

마치 구릿빛 어미 사자의 넘치는 젖에서
이제 막 떨어진 사자를 행복한 풀밭을
찾아 나섰던 사슴이 갓 여문 이빨에 죽을   15
운명으로 쳐다보다 잔뜩 얼어붙듯이,

라이티아의 빈델리키족은 알프스에서
전쟁을 이끈 드루수스를 보았다. 저들에게

수많은 세월 동안 이어져 내려온 풍습,
아마존의 양날 도끼로 오른팔을 무장하는   20

풍습이 어디에서 유래하는지 묻지않는다.
모든 걸 아는 것은 불경이라 — 오랜 세월
그리고 널리 승리를 구가하던 야만인들은
젊은 사령관의 지혜에 제압당함으로써

알게 되었다. 유복한 구중심처에서 제대로   25
격식을 갖춰 양육된 정신과 재능이 무엇을
할 수 있는지, 부친 아우구스투스의 마음이
어린 네로 형제에게 무엇을 하였는지를.

용맹함은 용맹하고 선함에서 태어난다.
황소들도 준마들도 탁월함을 부모에게서   30
물려받는다. 사납고 매서운 독수리는
싸울 줄 모르는 비둘기를 낳지않는 법.

좋은 양육은 타고난 능력을 길러내고
바른 가르침은 심지를 굳건하게 만든다.
가풍이 흩어지고 무너진 곳에서는 늘   35
악덕이 타고난 훌륭함을 망가뜨린다.

로마여, 네로 가문에게 무엇을 빚졌는지,
메타우루스강과 쫓겨난 하스드루발이,
라티움에 드리운 그림자가 걷혀 아름답게
빛나던 그날이 모든 것의 증인이다.   40

처음에는 화려한 승리로 로마를 비웃던 자,
사나운 아프리카인은 이탈리아 도시들을
마치 소나무 장작을 태운 불길처럼, 마치
시킬리아 해를 휩쓴 동풍처럼 돌아다녔다.

그의 일이 몇 번 성공을 거두었고, 이후   45
로마의 청년들이 성장하게 되니, 불경한
페니키아의 소요로 황폐하게 변했던
신전들은 옳게 신들을 모시게 되었다.

배신의 한니발이 마침내 입을 열었다.
"사나운 늑대들의 제물인 사슴 주제에   50
늑대들을 잡겠다 나섰으나, 저들을 피하고
몸을 숨겨 도망함이 최선의 승리인 것을.

이 민족, 불타는 일리온을 떠나 용감하게,

튀레니움의 바다에 시달리면서도 신주와
자식들과 연로한 아버지들을 모셔와   55
아우소니아 도시들에 정착한 이 민족,

험악한 양날 도끼에 가지를 잃었어도
검은 잎 무성한 알기두스 떡갈나무처럼,
저주받은 고통, 몰락을 이겨낸 이 민족은
검으로 풍요와 기상을 얻어낸 민족이라.   60

굴복 없이 헤라클레스에게 대항하던
잘려도 자라는 휘드라도 이들보다 강하지
못했으며, 콜키스인들의 거인도 이들보다,
테베 거인 에키온도 이들보다 못했다.

심해에 던지면 더욱 빛나게 솟아오르며,   65
넘어뜨리면 수많은 칭송을 받으며 영광의
승리자를 무너뜨린다. 이들은 부인들에게
이야기할 전투를 이끌게 될 것이다.

이제 카르타고에 자랑스런 소식을 전할
전령은 보내지않겠다. 사라져 사라졌다.   70
모든 희망 그리고 우리네 이름에 부여된

운명이, 하스드루발이 쓰러진 날에."

클라우디우스 형제의 군대가 이룩하지
못할 것은 없다. 유피테르는 그들을 자비로
보호하시니, 또한 지혜로운 염려가 전쟁의   75
험난한 일들 모두에 이어질 것이다.

IV 5 선한 신들에게서

선한 신들에게서, 로물루스 가문에서 태어난
탁월한 수호자여, 너무 오래 나가 계십니다.
신성한 원로원에서 너무 늦지않게 돌아온다
약속하였으니, 이제 돌아오십시오.

선한 지도자여, 조국에 빛을 돌려주십시오.   5
봄날과 같은 당신의 얼굴이 백성들에게
햇빛을 던져줄 때, 나날이 더욱 포근해지고
나날은 더욱 따스하게 빛납니다.

어미가, 남풍의 질투 어린 호흡 때문에
카르파티 바다의 물결 너머로 돌아와야할   10
시간을 넘겨 오래 지체하며 달콤한 고향
집에서 멀리 떨어진 어린 자식을

부르며 소원을 빌며 여쭙고 애원하며 굽어
휜 바닷가에서 얼굴을 떼지 못하는 것처럼
꼭 그처럼 간절한 그리움으로 멍든 조국은   15
카이사르를 찾고 있습니다.

한가롭게 황소는 시골들판을 돌아다니며
케레스와 양육자 풍요는 들판을 젖 먹이고

선원들은 평화로운 바닷길을 내달리며
신의는 죄짓기를 두려워하고   20

수치는 정직한 집안을 더럽히지않으며
가풍과 법도가 오점과 무도함을 길들이고
아비 닮은 아이를 낳은 여인들은 칭송받으며
죄악은 처벌이 뒤따릅니다.

뉘라서 파르티아를, 뉘라서 추운 스퀴티아를,   25
거친 게르마니아의 자식을 두려워합니까?
카이사르가 건재하니, 뉘라서 무섭게 대드는
히베리아와의 전쟁을 걱정합니까?

모두는 언덕배기 자기 땅에서 하루를 보내며
포도나무를 홀아비 나무에게 시집 보냅니다.   30
그리고 즐거운 마음으로 집으로 돌아와
음식을 차려 당신을 신으로 경배하며

당신을 많은 기도로, 당신을 대접에 담긴
포도주로 추앙하며 당신 뜻을 사당에 함께
모시니, 마치 희랍이 카스토르와 위대한   35
헤라클레스를 기억하는 것처럼 말입니다.

'훌륭한 지도자여, 바라옵건대, 오랜 축제를 헤스페리아에 세워 놓으십시오!' 밝은 날에는 이른 아침 맑은 정신으로, 태양이 대양 아래로 저물 때에는 술을 마셔 기원합니다.

IV 6 신이여, 니오베의

신이여, 니오베의 자식들은 당신을
허언의 응징자로, 납치범 티튀오스와
높은 트로이아의 거의 승리자, 프티아의
아킬레우스도 그리 생각합니다.

누구보다 강하지만, 당신에겐 못 당할   5
병사, 바다 여신 테티스의 아들은
다르다노스의 성벽을 창을 휘둘러
흔들어 놓았던 전사였건만

찍어내는 도끼에 찍히던 소나무처럼
혹은 동풍에 시달리던 편백처럼   10
쓰러져 길게 뻗었고, 테우케르의
먼지를 베고 눕고 말았습니다.

그는 아테네 여신의 봉헌물로 꾸며낸
목마에 숨어 잘못된 잔치를 즐기는
트로이아나 춤추며 행복한 프리아모스의   15
안뜰을 범하진 않았을 것이지만,

포로에게 잔혹한 그는, 끔찍한 불경이라,
말도 잘 못하는 아이들을 아카이아의

화염에, 심지어 어미 태중의 아이까지
불구덩이에 던졌을 것입니다.   20

당신 목소리와 사랑스러운 베누스의
목소리에 뜻을 굽혀 신들의 아버지가
도시를 세울 아이네아스의 과업을 강한
의지로 허락하지않았더라면.

청아한 탈리아를 가르치는 피리연주자,   25
크산토스에 머리를 감는 포에보스여,
다우누스의 카메나를 지켜주소서,
고운 얼굴로 길을 지키는 신이여!

포에보스는 영감을, 포에보스는 시의
기술과 시인의 이름을 내게 주셨습니다.   30
처녀들 중 으뜸인 처녀들아, 훌륭한
아비에게서 태어난 소년들아!

달아나는 살쾡이와 사슴을 활로 쫓는
델로스섬의 여신을 모시는 시위들아,
레스보스 시인들의 운율에 따라 현을   35
뜯는 내 엄지손가락을 따르라.

격식 갖춰 레토의 아드님을 노래하라.
격식 갖춰, 햇불을 밝히는 밤의 여신을,
들판에 풍년을 가져오는 여신을,
차고 기우는 달을 재촉하는 여신을.   40

너희는 혼인하여 말하리라. "나는
신들에게 달가운 노래를, 다시 열리는
백년제에서 시인 호라티우스가 지은
노래를 배워 불렀습니다."

IV 7 눈은 녹아

눈은 녹아 달아나고 들에 벌써 풀이 돌아온다.
나무엔 잎사귀가.
대지는 계절을 바꿔 입고 물 빠진 강은
둑을 따라 흐른다.

옷 벗은 그라티아는 언니들과 요정들과 함께   5
합창대를 이끈다.
영원한 삶을 원치 말라, 세월은 타이른다. 생명의
나날을 앗아가는 시간이.

서풍이 불어 추위는 누그러지고, 떠나갈 여름이
봄을 밀어낸다. 곧이어   10
곡식을 실어온 가을은 열매를 떨구고, 머잖아
휴식의 겨울이 돌아온다.

하늘의 달은 이울어도 빠르게 회복되지만,
우리는 일단 떠나면,
충직한 아이네아스, 부유한 툴루스, 앙쿠스가   15
간 곳에서 먼지와 그림자일 뿐.

누가 알겠는가? 천상의 신들이 오늘까지 삶에
내일의 시간을 보태실지?

소중히 물려준 것들은 네 상속자의 사나운
손에 모두 없어질 것이다.   20

저승에 이르러 네게 미노스 왕이 빛나는
판결을 내리면
토르콰투스야, 혈통도 말재주도 충직함도 너를
다시 살려내진 못할 것이다.

디아나도 저승의 어둠들로부터 순결하고 순수한   25
히폴뤼토스를 구하지못하며
테세우스일지라도 레테를 건너가 친구 피리투스를
구속에서 구해내지못한다.

IV 8 난 청동쟁반과 청동솥을

난 청동쟁반과 청동솥을 기쁜 마음으로
켄소리누스여, 친구들에게 선사했을 텐데.
용맹한 희랍이 다투던 명예의 세발솥을
선물로, 네가 받아갈 나쁘지않은 상으로

주었을 텐데, 공예품들이 내게 있었다면.   5
파라시우스와 스코파스는 작품을 만드니,
후자는 대리석, 전자는 빛나는 물감들로
때로 인간을 때로 신을 능숙하게 빚었다.

하나 난 그럴 능력도 없으며 그런 것들을
해줄 가산도, 사치를 부릴 마음도 없다.   10
네가 시를 좋아한다니, 나는 시를 선물하며
이런 선물에 큰 값어치를 매길 줄 안다.

공적을 아로새긴 대리석 비석도 훌륭했던
장군들에게 생명과 호흡을 그들 사후에
보장하지만, (서둘러 도망쳐 줄행랑친   15
한니발의 퇴각이며 격퇴당한 위협을,

불경한 카르타고를 불태우던 화염을,
아프리카 정복자로 이름을 얻은 사내의

명성을) 더욱 널리 알림에 칼라브리아의
피에리아 여신들보다 잘 할 수 있을까?   20

훌륭한 업적을 쌓은들 책이 침묵한다면
보상을 얻지 못할 것이다. 질투의 침묵이
로물루스의 업적을 방해했다면, 일리아와
마르스의 아들은 무엇이 되었을까?

강력한 시인들의 재능과 호의와 언어는   25
스튁스 강물에 떠내려간 아이아쿠스가
행복의 섬에 축복받을 수 있게 하였다.
(무사여신은 칭송받을 사람을 잊지않고)
무사여신은 하늘에 올린다. 하여 바라던

유피테르의 만찬에 먹성 좋은 헤라클레스가   30
참석한다. 튄다레우스의 아들들이 유명한
별이 되어 깊은 바다에 난파한 배들을 구한다.
(푸른 포도잎으로 머리를 묶어 장식한)
리베르도 정성이 좋은 결과를 얻도록 돕는다.

IV 9 멀리 들리는 아우피두스 강가에서

멀리 들리는 아우피두스 강가에서 태어난
나 일찍이 사람들에게 알려지지않은 운율로
칠현금 선율에 따라 노래 불렀으니, 내 노래가
세상에서 잊히리라 생각지마라.

마이오니아의 호메로스가 누구보다 으뜸이라   5
하지만, 핀다로스의 노래, 케오스의 시인들,
알카이오스의 무서운 노래, 스테시코로스의
심각한 노래도 사라지지않았다.

아나크레온이 놀고 즐기던 지난날의 가락도
세월이 없애지않았다. 아직도 여전히 사랑은   10
숨을 쉬며, 아이올리아 소녀가 연주한 칠현금
선율에 의지했던 열정도 살아 움직인다.

혼인을 깨는 애인의 잘 빗은 머리카락에
반하고, 그가 입고 온 황금을 수놓은 의복과
왕자의 몸가짐과 시종들에 뜨거워진 것은   15
스파르타의 헬레네 혼자만이 아니었다.

퀴도니아 활을 들어 화살을 날렸던 건
테우케르가 처음이 아니며, 일리온의 파괴도

한 번이 아니었다. 위대한 이도메네우스 또는
스테넬루스가 혼자, 무사여신들이 노래할   20

전쟁을 치른 것도 아니었다. 사나운 헥토르
혹은 매서운 데이포보스가 수줍고 정숙한
아내와 자식을 위해 달려드는 적의 가혹한
공격을 막아낸 것도 처음은 아니었다.

아가멤논 이전에도 많은 용감한 사람들이   25
살고 있었다. 하지만 그들 모두는 울어주는
사람도 없이, 알아주는 사람도 없이 길고 긴
어둠에 묻혔으니 신성한 시인이 없음이라.

노래 되지않은 업적은 허송세월 이룬 것 없는
무덤과 다르지않다. 나는 당신을 내 노래로   30
아무런 칭송 없이 묻어두지도않을 것이며,
그렇게나 많은 당신 노고를, 내 허락 없이

질투하는 망각이, 롤리우스여, 마구잡이로
앗아가지 못할 것이다. 당신의 마음은
세상사를 옳게 판단하며, 시절이 순조로울   35
때나 혼란스러울 때나 변함없이 바르며,

탐욕스러운 거짓을 죄주며, 또한 무엇이든지
제 것으로 만들어버리는 돈을 멀리한다.
당신은 한 해 동안 집정관을 역임했으나
그때만이 아니라 늘 공정하고 믿음직한   40

판결자로 정직함을 이익앞에 두었다.
흉계를 꾸민 자들의 선물을 거절하는 당신
얼굴은 당당하였다. 맞서는 무리를 맞아
무기를 들어 싸운 당신은 승리자였다.

당신은 큰 재산을 가진 사람들을 행복하다   45
부르지않으니, 행복한 사람이란 이름에
걸맞은 사람은 신들이 허락하신 재능을
지혜롭고 현명하게 발휘할 줄 알고

힘겨운 가난을 견딜 줄 아는 사람이라.
파렴치한 행동을 죽음보다 못하다 여기며,   50
소중한 친구들을 위해 혹은 조국을 위해
목숨 버리기를 두려워하지않는 사람이라.

IV 10 아직은 베누스의

아직은 베누스의 선물을 누리는 잔인한 소년아!
너의 오만을 키운 어린 솜털이 흉하게 바뀌고,
어깨에 늘어진 머리카락이 모두 잘려나가면,
붉은 장미꽃보다 지금 붉은 혈색은 달라져

리구리누스여, 구레나룻 짙은 얼굴로 변하면   5
거울 속 예전과 다른 너를 보며 너는 말하리라.
"서글프다. 오늘의 마음을 어찌 소년은 몰랐으며,
이젠 알겠는데 고운 볼은 어찌 아니 돌아오는가?"

IV 11 내게 구 년 묵힌

내게 구 년 묵힌 알바롱가의 포도주가
가득 담긴 술독이 있고, 내 정원에는
퓔리스여, 화관을 엮을 방초가 있고
담쟁이 잎사귀가 있어,

가득 이로 머리를 묶으니 너는 빛난다.   5
집안은 은빛으로 웃음 짓는다. 정하게
엮은 화관으로 장식된 제단에서는
희생양의 피를 뿌리라 한다.

모든 일손이 서두르며, 이리저리 한데
어울린 하인 하녀들이 바삐 움직인다.   10
검댕이연기를 휘돌아 불꽃이 하늘
꼭대기로 길을 재촉한다.

어느 잔치에 네가 초대되었는지 네가
알게끔, 너는 13일 축일에 초대되었다.
바다에서 태어난 베누스에게 바쳐진   15
4월을 양분하는 축일에.

축일이라 하기 합당하니, 내 생일보다
내게는 경건한 날. 왜냐면 이날로부터

내 친구 마에케나스가 흘러가는
매해를 갈무리하기 때문이다.   20

네가 찾는 텔레푸스, 너의 운명에는
어울리지않는 소년은 소녀가 벌써
차지하였다. 부유하고 매력적인
달콤한 사슬에 묶여 버렸다.

세상을 불태운 파에톤은 탐욕을 멀리   25
하라 하며, 좋은 예화이니, 날개 달린
페가수스는 땅에서 태어난 기사
벨레로폰을 무겁다 밀어냈다.

네가 늘 어울릴 짝을 좇으며, 분수에
넘치는 희망을 불경이라 여기며, 넘치는   30
짝일랑 피하라. 자 이제, 내 사랑의
마지막이 될 사람아!

나는 이후로 더는 다른 여인으로 몸을
덥히지않으리라. 사랑스러운 목소리로
내게 불러줄 노래를 배워라. 시커먼   35
근심은 노래로 사라지리라.

IV 12 벌써 바다를

벌써 바다를 다스리는 봄의 동반자들,
트라키아의 숨결들이 돛을 재촉한다.
이제 들판은 얼지않고, 겨울눈에 불어난
강물은 지나갔다.

이튀스를 애도하여 눈물 흘리며 둥지를   5
트는 불행한 새는 케크롭스 집안의
영원한 치욕, 왕들의 더럽고 끔찍한
욕망에 복수하였다.

살찐 양들을 돌보는 목동들은, 부드러운
풀밭에서 가축과 아르카디아의 우거진   10
숲에 기뻐하는 신을 위하여 즐거운
피리를 들어 노래한다.

베르길리우스여, 갈증의 계절이 왔다.
칼레스에서 짜낸 포도주를 마시길
원한다면, 귀족 청년들의 피호민이여,   15
추렴새로 감송향유를 내놓아라.

감송향유 약간이면 술피키우스 창고에
넣어둔 술 한 동이는 족히 얻으리다.

술은 넉넉히 새 희망을 주고, 근심의
쓰디쓴 맛을 쓸어내는 재주가 있다.   20

이 즐거움에 안달 나거든, 당신 술값은
챙겨 어서 오라. 나는 빈손으로 찾아와
당신이 내 술잔에 손대는 걸 놓아둘 만큼
넉넉한 부자가 아니다.

서둘러라. 장사와 이문의 욕심은 접고   25
검은 불꽃을 생각하여, 허락될 때에
짧은 어리석음을 인생 계획에 넣어라.
제때의 어리석음은 즐거운 일.

IV 13 뤼케여, 신들은

뤼케여, 신들은, 신들은 내 소원을
들어주었다. 뤼케여, 넌 노파가 되었다.
한데도 너는 아름답게 보아주길 원하고
창피한 줄 모르고 놀며 마시며

술에 취하여 요란한 노래로 마다하는   5
쿠피도를 닦달하지만, 그는 파릇파릇 젊고
뤼라를 솜씨 있게 연주하는 키아의
예쁜 볼만을 쳐다보고 있다.

뒤도 안 돌아보고 그는 말라버린 밤나무를
지나쳐 날아갔다. 네게서 도망쳤다. 누렇게   10
변한 치아가, 주름진 얼굴과 눈 내린
머리가 보기 흉하기 때문이다.

코스의 진홍옷도 이제 너에게 그 시절을,
값비싼 보석들도 돌려주지 못할 테다. 일단
연대기에 봉인되면 쏜살같은   15
세월은 다시 열리지않는다.

베누스는 어디 갔나? 곱던 피부는, 단정한
맵시는 어디? 그 시절의 뭣이 네게 남았나?

그 시절 욕망을 불러일으키곤 하던,
나를 완전히 정신 잃게 하던,   20

키나라 이후 나를 행복하게 하던, 우아한
기예로 이름 높던 네 미모는? 키나라에게
짧은 인생을 운명이 점지하였더니,
운명은 뤼케에게 오랜 세월을,

늙은 까마귀에게 맞먹을 인생을 허락했다.   25
붉게 타는 젊은이들도 너를 보게 되었고,
커다란 조롱의 웃음으로, 이제 재가
되어버린 네 횃불을 보았다.

IV 14 원로들의 근심이자

원로들의 근심이자 시민들의 걱정은,
명예 가득한 선물로 당신의 용기를,
아우구스투스여, 길이길이 걸맞은
호칭과 잊히지않을 기록으로

무궁히 남기는 것이다. 살만한 태양이   5
비추는 땅의 군주들 중 제일인자여!
당신을 라티움 법률에 낯설고 무지했던
빈델리키족도 최근 알게 되었다.

당신 군대의 힘도. 당신 군대를 이끌고
드루수스는 평화를 모르는 게나우니족을,   10
또 날렵한 브레우니족과 거암(巨巖) 알프스에
자리 잡은 그들의 산성들을

단순한 복수 이상 철저히 파괴하였다.
또 네로 집안의 장남은 곧 힘겨운 전투를
치렀으며, 더없이 잔혹한 라이티족을   15
신들의 전조에 힘입어 내몰았다.

그는 마르스의 경합에 모습을 나타내어,
자유인의 죽음에 목숨을 바친 적들의

가슴에 얼마나 큰 폐허를 안겼는가?
잠재울 수 없을 파도를 몰아오는   20

남풍처럼, 플레이아데스 무리가 구름을
가르고 나타날 때처럼 적들을 공격하는
그는 불타는 적진으로 울음 우는 말을
몰아가기에 지칠 줄 몰랐다.

마치 황소 모양의 아우피두스가 휘돌아   25
아풀리아의 다우니아 왕국을 두렵고
끔찍한 분노의 홍수로 쓸어, 곡식이 자라는
농경지에 범람을 꾀할 때처럼,

꼭 그처럼 클라우디우스는 야만의 군대를,
강철군대를 무서운 공격으로 부수었다.   30
선두와 후미까지 쳐냄으로써 대지를
손실 없이 평정하고 승리자가 되었다.

당신의 군대, 당신의 계획, 당신 신들의
도움을 받아 바로 그날에. 당신에게
알렉산드리아가 탄원자 신세로 항구를,   35
텅 빈 궁정을 활짝 열었던 그날에.

자비로운 운명의 신은 십오 년 전에도
전쟁의 복된 종말을 마련해주었으며,
지난 세월 행사해오던 권력에 명성과
소망하던 명예를 가져다주었다.   40

당신을, 굴복하지않던 칸타브리아가,
메디아와 인디아, 도망치는 스퀴티아가
칭송한다. 이탈리아와 세계의 지배자,
로마의 살아있는 방패여.

당신을 강의 원천을 감추는 닐루스와   45
히스테르, 당신을 물살 빠른 티그리스가,
당신을 바다 괴물이 가득한, 멀리 떨어진
브리타니아를 휘감은 오케아노스가,

당신을 죽음을 두려워 않는 갈리아가,
완강한 히베리아가 당신의 말을 듣는다.   50
당신을 죽음을 즐기는 쉬감브리족이
무기를 거두고 경외심으로 인사한다.

IV 15 포에보스는 전쟁과

포에보스는 전쟁과 도시 정복의 노래를
원하는 나를 꾸짖어 칠현금으로 이르길,
네 조그만 배로 튀레눔 바다를 건너려
하지마라. 당신 시대는, 카이사르여,

풍요로운 곡식을 들판에 되돌려주었고   5
우리 유피테르에게 파르티아의 신전
문설주에 걸렸던 빼앗긴 군단기를
찾아주었고, 전쟁을 없애고

퀴리누스 언덕의 야누스 신전을 닫았다.
바른 질서를 무너뜨리는 방종에 재갈을   10
물렸으며, 죄악을 몰아내었으며
조상의 용기를 되살렸으니,

그런 용기로 라티움 이름과 이탈리아
국권이 성장하였으며, 제국의 명성과
존엄이 해가 솟아오르는 곳에서 해가   15
잠드는 저녁땅까지 뻗어 나갔다.

세상을 다스리는 카이사르 덕분에
시민들의 광기와 폭력이 평화를, 혹은

벼르던 칼날로 처참한 도시들을 치던
분노도 평화를 해하지 못한다.   20

다누비우스 강물을 마시는 백성들과
게타이와 세레스, 배신하는 페르시아도,
타나이스 강가에 태어난 사람들도
율리우스 칙령을 깨지않는다.

우리는 일하는 날에나 축제의 날에나,   25
리베르가 주신 유쾌한 선물 가운데
우리 자식들과 부인들과 함께 격식에
맞춰 먼저 신들께 경배하고,

조상 전래의 풍습에 따라 용기를 보인
장군들을 뤼디아 피리와 어우러진   30
노래로, 트로이아와 앙키세스, 어머니
베누스의 아들을 노래합시다.

백년제 찬가

carmen saeculare

포에보스와 숲을 다스리는 디아나여,
빛나는 하늘의 자랑, 공경받아야 하며
늘 공경받는 분이여, 허락하소서, 신성한
날에 드리는 저희 소망을.

시뷜라의 예언서에 이르길, 이 날에는   5
단정한 소년들과 소녀들을 가려 뽑아,
일곱 언덕을 사랑하는 신들을 위하여
찬가를 노래하라 합니다.

생명의 태양이여, 찬란한 마차로 하루를
내놓으며 감추며 같으면서 매일 다르게   10
태어나는 분이여, 수도 로마보다 위대한
것은 보지못할 겁니다.

해산의 여신, 달리 불리길 원하신다면,
달의 여신 혹은 생산의 여신이여, 때가 되어
태어나는 것들을 합당하게 돌보는 분이여,   15
어미들을 지켜주소서.

여신이여, 자손을 보게 하시고, 원로원의
의결을 축복하소서. 여인들의 혼인을

단속하고, 새로 태어날 시민들의 번창을
약속하는 혼인법의 선포를.   20

열 번째 십일 년이 흘러 다시 돌아오리라
정해진 축일에 노래와 잔치가 펼쳐져
청명한 삼일 낮과 같은 수의 즐거운 밤을
사람들이 북적대게 하소서.

운명의 여신들이여, 진실만을 노래하여   25
일단 내뱉은 말은 영원토록 굳건한 결말로
이루는 분이여, 이미 이루어진 것에 유복한
미래를 보태어주소서.

알곡과 가축이 그득하고 비옥한 대지는
이삭의 화관을 대지 여신에게 선물하고,   30
생명을 살리는 비와 유피테르의 바람은
추수에 양분이 되어주소서.

활을 내려놓고 온화하고 인자한 모습의
아폴로여, 소년들의 탄원을, 두 개의 뿔이
달린 달의 여신이여, 별들의 통치자여,   35
소녀들의 탄원을 들어주소서.

로마가 당신들의 과업이라면, 일리온의
군대가 에트루리아 해안에 도착하였다면,
성주신과 조국을 떠나라 명받은 그들이
부활의 항로를 나섰다면,   40

그들과 함께 불타는 트로이아를 무사히 떠나
단정한 아이네아스가 조국의 유민으로
자유의 길을 개척하였다면, 남은 자들에게
많은 것들을 주리라 하였다면,

신들이여, 유순한 소년에게 바른 품행을,   45
신들이여, 평화로운 노년에게 휴식을,
로물루스 자손에게 부와 자손과 자랑이
될 모든 것들을 허락하소서.

앙키세스와 베누스 혈통의 고귀한 자가
흰 소 제물로 소망한 것은 뭐든 이루며,   50
오만한 적은 응징하고, 복종하는 적에겐
관용을 베풀기를.

이제 육지와 바다를 제압한 군대와
알바롱가의 도끼를 메디아는 두려워하고

지난날 무도했던 스퀴티아와 인디아는   55
평화의 응답을 간청한다.

이제 신의와 평화와 명예, 그 옛날의
염치와 사라졌던 덕들이 되돌아오려 한다.
지복한 풍요의 여신이 풍요의 뿔을 가득
채우고 모습을 나타낸다.   60

예언의 신, 눈부신 활을 아름답게 걸친
포에보스여, 아홉 무사여신들이 사랑하는
분이여, 치유의 솜씨로 지친 육신 사지에
힘을 북돋아주는 분이여,

팔라티움 언덕에 마음이 흡족하시다면,   65
행복한 마음으로 로마와 라티움의 부가
다음 백년제까지 계속되게 하시고, 더욱더
영원토록 이어 가게하소서.

아벤티누스와 알기두스 언덕을 다스리며
십오 인 예언서 박사들을 돌보는 디아나여,   70
소년들의 간청에 귀를 기울이어 그들이
소원을 이루게하소서.

이런 말씀을 유피테르와 신들께서 모두
아시리라는 분명한 희망을 안고서 저는,
포에보스와 디아나 찬가의 합창을 배운   75
저는 집으로 돌아갑니다.

주(註)

III 1 속된 무리를 멀찍이

1행 속된 무리를 : 호라티우스는 앞으로 부를 노래들에 경건함과 무게감을
  보태고자 종교적 제례 형식을 빌려 온다. "속된"의 원문 'profanum'은 입교가
  허락되지 않은 자들을 가리키는 말이다.

2행 전에 없던 : 로마 연작(『서정시』 III 1~6) 전체를 염두에 두고 있으며,
  예전에 다른 어떤 시인들에게서도 로마의 청년들이 들어 보지 못했을 노래를
  들려주겠노라 선언한다.

3행 무사여신들의 사제 : "사제"도 경건한 종교적 분위기를 강조한다.

6행 거인족을 이겨 : 도전하는 거인족을 올륌포스 신들이 물리친 이야기를
  '거인족의 전쟁'이라고 한다. 『서정시』 II 19, 21행 이하를 보라.

5~8행 백성이…… 유피테르의 것이라 : 시인은 유피테르의 찬가를 로마
  연작의 초입에 둠으로써 로마 연작에 신적인 위엄과 권위를 보태고 있다.
  루크레티우스는 서사시 『자연에 관하여』 1권 초입에 베누스 찬가를 넣었다.

9행 누구는 누구보다 : 커다란 농장을 경영하는 자, 귀족 혈통을 내세우거나 혹은
  귀족 혈통이 없는 경우 자신의 올바른 성품과 명성을 내세워 정계로 나가려는
  자, 커다란 피호민을 거느리고 영향력을 행사하는 자 등이 열거된다.

16행 항아리 : 운명의 항아리에는 모든 사람의 이름표가 들어 있으며 운명은
  항아리를 흔들어 나오는 순서대로 사람을 데려간다.

17행 퍼런 칼날을 세워 불경한 목위에 : 키케로의 『투스쿨룸 대화』 5권 61 이하에
  기록된 다모클레스 이야기다. 쉬라쿠사이의 왕 디오뉘시오스는 말총 한 가닥에
  큰 칼을 매달아 그를 부러워하는 신하 다모클레스의 머리 위에 매달아 놓게
  하고, 다모클레스에게 만찬을 즐기도록 명했다. 디오뉘시오스는 자신이 얼마나
  불안한 삶을 살고 있는지 다모클레스에게 보여 주려고 했다. "불경한"은 부와
  권력을 선망하는 다모클레스의 태도를 지시한다.

24행 템페계곡 : 템페 계곡은 테살리아의 올륌포스산과 옷사산 사이에 위치한
  유명한 계곡으로 아름다운 풍경과 전원적인 삶이 대명사로 쓰인다.

26~27행 목동좌……산양좌 : 봄에 볼 수 있는 목동좌는 폭풍을 상징한다.
  산양좌는 마부좌에 속하는 별들로 10월 말경 수평선에 보이기 시작하는데,
  폭풍의 계절이 다가오고 있음을 알려 준다.

29행 거짓말하는 : 농장의 흉년이 들자 농토와 농장의 나무 등이 농부에게 갖은
  핑계로 거짓말을 둘러대며 자신들의 잘못이 아님을 변명한다.

31행 밭을 바짝 말리는 별자리 : 천랑성을 가리킨다. 여름날에 보이는 별자리로
　　질병과 재난을 상징한다.
33행 물에 던져넣은 석재 : 아우구스투스 황제 시대에 부유한 로마인들은
　　경쟁적으로 바닷가에 별장을 지으려 했고, 집터가 모자라면 돌로 바다를 메웠다.
　　『서정시』 II 18, 21행과 III 24, 3행 이하를 보라.
39행 검은 번민은 : 『서정시』 II 16, 20행 이하를 보라.
41행~44행 프뤼기아 대리석, 다홍색 의복, 팔레르눔, 아카이메네스 향수 :
　　풍요와 사치를 상징하는 대표적인 물품 목록들이다. 팔레르눔은 대표적인 고급
　　포도주다. 아카이메네스 향수는 페르시아에서 수입되는 향수로 아카이메네스는
　　페르시아를 건국한 왕의 이름이다. 이 향수는 사실 인도에서 생산된 것이지만
　　로마인들은 페르시아 향수라고 불렀다.
42행 시돈보다 : 시돈은 다홍빛 염료와 연관된다. 베르길리우스의 『아이네이스』
　　4권 137행 참고. 전승 사본에 따르면 '별보다'이지만, 사치품과 지명의
　　연관이라는 일관성을 위해 '시돈보다'로 수정해야 한다는 제안이 있다.

III 2 고단한 가난을

4행 파르티아 : 로마제국의 동쪽 끝에 거주하는 이방인들이다. 기원전 53년
　　크라수스의 군대가 파르티아인들에 의해 전멸당한 이래 로마는 계속해서
　　파르티아 정복을 시도했다.
6행 적진 성벽에서 : 『일리아스』 3권(성벽 장면) 혹은 22권(헥토르 장면)에 등장할
　　법한 장면이다. 호라티우스 당대의 전투 장면과는 거리가 멀다.
14행 도망쳐도 죽음은 찾아오고 : 전장에서 도망치다 죽은 병사들은 몸의
　　뒷부분인 오금과 등에 상처를 입게 된다.
17행 용기는 정직한 낙선을 : 앞서 전쟁에서 싸우는 용기를 말했고, 여기서부터는
　　관직의 청렴함을 용기와 연계시키고 있다. 용기 있는 자는 세상 사람들이 행하는
　　부정선거를 멀리한다.
19행 권부를 : 원문은 '도끼'인데, 집정관의 권표에 붙은 도끼를 가리킨다.
　　집정관은 나뭇단을 묶어 거기에 도끼를 끼운 권표를 앞세우고 다녔다.
23행 속된 결합, 젖은 흙을 : 용기 있는 사람은 저속한 대중적 이익에 휩싸이지 않는다.
　　젖은 흙처럼 붙어 떨어지지 않는 대중의 야유와 비난에도 흔들리지 않는다.
25행 신의를 지킨 함구에 온전한 보상 : 플루타르코스에 의하면, 아우구스투스
　　황제가 좋아했던 경구다. 시모니데스 단편의 번역이며, 여기서 "신의를 지킨
　　함구" 또한 크게 보면 용기와 일맥상통한다.
26행 케레스 : 케레스 여신은 곡물과 수확의 여신으로 희랍에서는 데메테르

여신이라고 불린다.

30행 결백에도 벌을 : 조상들의 죄 때문에 죄 없는 후손들이 벌을 받기도 하는
것처럼 유피테르는 죄인을 벌하기 위해 때로 죄 없는 자를 벌하기도 한다.

31행 단죄하는 여신은 : 『일리아스』 9권 502행 이하에 언급된 사죄의 여신은
절름발이로 묘사된다. 사죄의 여신은 앞서가는 미망의 여신을 뒤따르며 늘
뒤늦게 쫓아오기 때문이다. 이와 마찬가지로 호라티우스는 '단죄의 여신'도
절름발이로 묘사하고 있다.

III 3 올곧은 뜻을

1행 올곧은 뜻을 굽히지않는 사람 : 여기에는 '정의(iustitia)'와
'항덕(constantia)'과 '용기(fortitudo)' 등 로마의 덕목을 함축한다.

5행 남풍 : 아드리아 해에서 폭풍을 일으키는 바람은 '남풍(Auster)' 혹은
'남풍(Notus)'이다. 여기서는 '남풍(Auster)'을 "아드리아의 폭군"이라고 부르며,
『서정시』 I 3, 15행에서는 '남풍(Notus)'을 "아드리아의 통치자"라고 부른다.

9행 폴뤽스와 방랑자 헤라클레스: 폴뤽스와 카스토르는 하늘의 별이 되어 신적인
존재로 추앙되었으며, 헤라클레스는 열두 가지 임무를 수행하기 위해 전 세계를
돌아다니며 마침내 하늘의 별이 되었다.

11행 아우구스투스: 로마 원로원은 기원전 27년 옥타비아누스에게 명예의
호칭으로 '아우구스투스'를 수여했다.

14행 박쿠스 : 박쿠스는 올륌포스 신의 지위를 얻었다. 16행의 퀴리누스, 즉
로물루스도 신의 반열에 올랐다.

14행 멍에를 진 맹호들 : 박쿠스의 위대한 능력을 상징하는 사건으로, 박쿠스를
태운 수레는 얼룩 무늬의 짐승, 흔히 호랑이 혹은 표범 등이 멍에를 지고 다녔다.

16행 퀴리누스 : 로마의 일곱 언덕 가운데 하나인 퀴리날리스 언덕을 지키는
수호신이자 로물루스의 또 다른 이름이다.

16행 아케론강 : 저승에 흐르는 강이다.

17행 유노 : 트로이아 사람들을 미워하던 유노는 마침내 트로이아 유민이
정착하는 것에 동의하고 신들의 회의에서 이를 공개적으로 발표한다.
베르길리우스 『아이네이스』 12권 791행 이하를 보라.

18행 일리온 : 트로이아의 다른 이름이다.

19행 심판인 : 유노 여신은 '파리스'를 '심판인', '헬레네'를 '여인'이라고 부르고
있다. 유노 여신은 파리스의 심판에 크게 마음이 상했다. 이하 25행에서노
마찬가지다.

21행 라오메돈 : 라오메돈은 트로이아의 왕으로, 프리아모스의 부친이다.

『일리아스』21권 450행에 의하면 트로이아 성벽을 쌓을 때 라오메돈은 아폴로와 넵투누스에게 성벽을 쌓는 대가를 약속했으나 이를 지키지 않았다.

26행 매력은 사라졌으며 : 트로이아 전쟁이 끝나자 헬레네는 메넬라오스를 따라 희랍 땅으로 돌아갔다.

29행 신들의 불화 : 『일리아스』20권에 묘사된 것처럼 신들은 양편으로 나뉘어 각자 트로이아와 희랍을 도왔고, 전쟁은 10년 동안 결판나지 않고 지속되었다.

31행 트로이아 여사제 : 로물루스의 모친 일리아 혹은 레아 실비아는 베스타 신전을 지키는 여사제였다. 아이네아스의 후손이라는 의미에서 일리아를 "트로이아 여사제"라고 부르고 있다.

32행 손자 : 로물루스를 가리킨다. 전쟁신 마르스가 유노 여신의 아들이라고 할 때, 유노 여신은 로물루스의 조모가 된다.

38행 망국의 객 : 유노 여신은 트로이아인들이 고향을 떠나 다른 곳에 간다면 어디든 그곳에서 번영하리라 약속한다.

41행 가축이 뛰고 짐승이 새끼를 키워도 : 유노 여신은 패망한 트로이아를 그 후손들이 다시 세우려 하지 않고 옛 폐허와 무덤을 그대로 버려두고 짐승들의 거처가 되게 한다는 조건을 내세운다. 이하 58행에서도 이런 조건이 반복된다.

48행 닐루스 : 오늘날의 나일강이다.

65행 청동성벽 : 청동은 질기고 강한 재료를 뜻한다. '청동성벽'은 결코 부술 수 없는 강한 성벽을 의미한다.

66행 아르고스 : 아르고스는 희랍의 대표 도시이며 여기서는 희랍인들 전체를 가리킨다. 유노 여신은 희랍인들을 도와 트로이아를 멸망시켰다.

69행 장난을 일삼는 뤼라 : 서정시 문학류를 흔히 이렇게 부른다.

70행 어디로 가십니까 : 호라티우스는 서사시 문학류에 어울릴 주제를 더는 다루지 말고 여기서 멈추자는 뜻을 피력한다.

71행 커단 노래 : 예를 들어 서사시를 가리킨다. 『서정시』II 12, 1행 이하를 보라.

III 4 하늘에서 내려오소서

2행 여왕 칼리오페여 : 헤시오도스 『신들의 계보』79행 이하 "칼리오페는 그분들 모두 중에서 가장 빼어나셨으니, 그분은 존경스런 왕들과도 함께하신다." 칼리오페는 아홉 명의 무사여신들 가운데 서사시를 담당하는 여신이다.

4행 포에보스 현금 : 뤼라 혹은 포르밍스 등의 현악기는 포에보스 아폴로가 연주하는 악기다. 『일리아스』1권 602행 이하를 보라.

5행 너희도 들리는가 : 화자가 청중에게 말을 건다.

9행 아풀리아 지방, 불투르산속 : 호라티우스의 고향 도시 베누시아에서 북쪽으로 얼마 떨어지지 않은 곳에 불투르산이 위치한다.

10행 유모 풀리아 : 대개의 전승 사본은 '아풀리아'다. '풀리아'는 어린
    호라티우스를 돌본 유모의 이름으로 추측된다.

12행 신화 속 비둘기들 : 비둘기는 베누스 여신에게 바쳐진 새다.

13~14행 아케룬티아, 반티아, 페렌툼 : 루카니아에 속한 마을들로, 시인의 고향
    도시 베누시아의 남쪽에 위치한다. 고도가 높은 아케룬티아에서 평지의
    페렌툼까지 고도 순으로 열거되었다.

19행 신들의 가호 : 12행 '비둘기'와 19행 '도금양'은 베누스 여신을, 18행
    '월계수'는 아폴로를 의미한다.

22~24행 사비눔, 프라이네스테, 티부르, 바이아이 : 휴양지 지명들. 사비눔은
    호라티우스의 별장이 위치한 곳이며, 프라이네스테는 로마 동쪽의 산간이다.
    티부르는 귀족들의 별장 지역으로 사비눔 근처 산간에 위치하며 비스듬히 누운
    지형이다. 바이아이는 네아폴리스 인근의 바닷가 휴양지로 유명하다.

25행 당신들 샘과 합창대 : 헤시오도스『신들의 계보』2행 이하 "그분들은 크고
    신성한 헬리콘산을 차지하시고는 검푸른 샘과 크로노스의 강력하신 제단
    주위에서 사뿐사뿐 춤추신다."

26~28행 필리피…… 시킬리아 : 호라티우스는 세 번 목숨을 잃을 뻔했는데,
    첫 번째는 필리피 전투, 두 번째는 나무가 머리 위로 쓰러진 사건, 세 번째가
    루카니아 팔리누루스 곶에서 난파한 사건이다. 관련 사건들은『서정시』II 13, II
    17, III 8 등에서도 언급된다.

30행 성난 보스포로스 :『서정시』II 13, 14행과 II 20, 14행을 보라.

31행 앗시리아 해안의 불타는 모래 : 지중해 동쪽 쉬리아의 사막 지대를 가리킨다.

34행 말의 피를 즐겨 마시는 : 말의 피를 우유에 섞어 마시는 것이 겔레니족의
    풍습이라고 베르길리우스가 말한다. (『농경시』3권 463행 이하) 겔레니족은
    스퀴티아 부족으로 오늘날의 러시아 남부에 거주했다. 콩카니족은 히스파니아
    북부 칸타브리아에 사는 종족으로 상당히 오랫동안 로마에 저항했다.

36행 스퀴티아의 강 : 스퀴티아 지역을 가로지르는 타나이스강으로 오늘날
    돈강이라고 불린다.

40행 피에리아 동굴 : 올림포스산의 북쪽에 위치한 동굴로, 무사여신들이 태어난
    곳이다. 헤시오도스『신들의 계보』53행 이하 "피에리아에서 낳으셨으니,
    사람들이 악을 잊고 근심에서 쉬게 하려는 것이었다."

46행 그림자들과 슬픔에 젖은 영토 : 저승을 가리키며, '그림자들'은 망령을
    의미한다.

50행 어깨를 믿고 무도한 젊은 무리 : 브리아레오스, 콧토스, 귀게스(69행)를

가리킨다. 헤시오도스『신들의 계보』670행 이하 "이들은 셋 다 저마다 어깨에서
백 개의 손이 뻗어 나와 있었고, 저마다 어깨로부터 튼튼한 사지 위에 쉰 개의
머리가 나 있었다." 티탄족과 올륌포스 신들이 전쟁을 벌일 때 유피테르는
티탄족을 물리치기 위해 이들 셋의 도움을 받았다.

52행 형제들 : 이피메데이아와 포세이돈 사이에서 태어난 형제 오토스와
에피알테스를 가리킨다.『오뒷세이아』313행 이하 "그들은 심지어 올륌포스의
불사신들에게도 격렬한 전쟁의 소음을 불러일으키겠다고 위협하는가 하면
하늘에 오를 수 있도록 올륌포스산 위에 옷사산을 쌓고 옷사산 위에 잎이
바람에 흔들리는 펠레온산을 쌓으려 했소."

53행 튀포에우스 : 튀폰이라고도 불리며, 거인족을 죽인 올륌포스 신들에게
복수하려는 가이아의 요청으로 올륌포스 신들을 공격한다.

53~56행 : 미마스, 포르퓌리온, 로이투스, 엥켈라두스 등은 모두 거인족이다.

57행 천둥치는 아이기스 : 아이기스는 아테네 여신이 들고 다니는 방패로,
메두사의 얼굴이 한가운데 새겨져 있다.『일리아스』5권 742행 이하를 보라.
'천둥치는'은 위협적인 모습을 보여 준다.

59행 굶주린 : 모든 것을 불태워 집어삼키는 불의 성질을 불카누스에게 덧씌웠다.

61행 카스탈리아 : 델포이 신탁소에 있는 샘물이다.

63~64행 파타라와 델로스 : 파타라는 소아시아 뤼키아에 위치한 도시로 아폴로
신전이 있다. 델로스는 아폴로가 태어난 섬이다. 아폴로는 여름에 뤼키아, 겨울에
델로스섬에 머문다고 알려졌다.

69행 귀게스 :『서정시』II 17, 14행 이하를 보라.

70행 유명한 유혹자 : 보이오티아의 사냥꾼 오리온은 디아나 여신 혹은
디아나의 처녀들 가운데 한 명을 유혹하여 납치하려다가, 혹은 자신이 대단한
사냥꾼이라고 떠벌리다가 디아나 여신에게 죽임을 당했다고 한다.

73행 괴물 자식들을 깔고 누운 : 유피테르에게 도전했던 가이아의 자식들은
유피테르의 벼락을 맞고 굴복했으며, 대지 아래 감금되었다.

75행 용암의 급류 : 아이트나 화산 밑에 튀폰이 감금되어 있으며, 튀폰의 입에서
내뿜어진 불길이 아이트나산을 통해 밖으로 흘러나온다.

77행 절제하지 못하는 티튀오스 : 티튀오스는 욕정에 사로잡혀 레토 여신을
납치하려 했으나 레토 여신의 자식인 디아나와 아폴로에 의해 죽임을 당했다.
저승에서 새에게 간을 뜯어먹히는 형벌을 받았다.

79행 피리투스 : 테세우스가 결혼을 위해 하계의 여왕 페르세포네를 납치하려
했을 때 그를 도운 인물로, 저승에 붙잡혀 망각의 의자에 묶였다. 테세우스는
헤라클레스에게 구출되었으나 피리투스는 그대로 저승에 남았다.

III 5 하늘의 천둥 유피테르가

5행 크라수스의 병사 : 기원전 53년 크라수스는 파르티아 원정에서 사망한다.
파르티아의 카르하이에서 패한 크라수스의 병사들 약 1만 명은 파르티아에
정착했고, 일부는 파르티아 군대에 가담해 로마에 대항하여 싸우기까지 했다.

8행 밭 : 파베르는 전승 사본의 '군대'를 21행과 비교하여 '밭'으로 수정했다.

9행 마르시 사람 : 마르시인들은 라티움 지방의 한 부족이다. 10행의 "아풀리아"는
이탈리아 반도의 남동쪽 끝, 희랍과 마주한 지역이다.

10행 신성방패 : 누미 왕 때 하늘에서 떨어졌다는 전설의 방패로, 전쟁신 마르스의
신전에 보관되어 있었다고 한다.

10행 이름 : 병사가 로마에서 쓰던 이름을 가리킨다.

11행 영원한 베스타 : 베스타 여사제들은 영원히 꺼지지 않는 불을 지키고 있다.

12행 유피테르 : 수도 로마의 카피톨리움 언덕에는 유피테르의 신전이 있다.

13행 레굴루스 : 마르쿠스 아틸리우스 레굴루스는 기원전 256년 집정관으로,
1차 카르타고 전쟁 중인 기원전 255년 북아프리카에 상륙했다가 카르타고의
포로가 되었다. 카르타고인들은 포로 교환 협상을 위해서 협상에 실패하면
다시 카르타고로 돌아온다는 맹세를 조건으로 레굴루스를 로마에 돌려보냈다.
레굴루스는 로마에 돌아와 포로 교환을 반대하는 연설을 마친 뒤 죽게 될 것을
알면서도 카르타고로 돌아갔고, 결국 카르타고인들에 의해 처형되었다.

19행 신전에 걸린 군기 : 카르타고에게 항복한 로마 군단의 군기를 카르타고인들은
자기네 신전에 바쳤다.

22행 닫지않은 그들 성문 : 카르타고인들이 더는 전쟁의 위협을 느끼지 않았기
때문에 성문을 열어 놓고 지낸다는 레굴루스의 보고다. 닫지 않은 성문은 평화
시대를 상징한다.

31~32행 사슴이…… 대든다면 : 사냥 그물에 걸린 사슴이 그물을 뚫고 나와
사냥꾼과 겨룬다는 불가능한 상황을 전제한다.

41행 시민의 자격을 : 레굴루스는 전쟁포로가 되었기 때문에 법적으로는 승리자의
노예 신분이며, 현재 로마에서 그가 누리던 시민 자격을 요구할 수 없는 처지다.

53행 피호민 : 두호인은 고소당한 피호민을 위해 변호를 맡아야 할 의무가 있다.

54행 베나프룸 : 타렌툼과 마찬가지로 베나프룸은 당시 귀족들의 별장 지역으로
유명한 곳이다.

55~56행 스파르타인들의 타렌툼 : 타렌툼은 스파르타인들이 세운 식민도시였다.

III 6 조상의 죄를

9행 모나에세스와 파코루스 : 모나에세스는 파르티아의 장군으로, 기원전 36년

안토니우스 군대에 속한 로마 장군 오피우스 스타티아누스를 물리쳤다. 역시
파르티아의 장군이었던 파코루스는 기원전 40년 로마 속주 쉬리아를 침공하여
로마 장군 데키디우스 삭사를 물리쳤다.

10행 상서롭지 못하게 감행된 : 삼두정치의 크라수스는 쉬리아의 총독으로,
무리하게 파르티아 침공 작전을 전개하다가 기원전 53년 카르하이에서 대패했다.
이때 조점이 불길하게 나왔는데도 크라수스가 이를 무시했다고 전한다.

12행 목걸이 : 크세노폰의 보고에 따르면, 페르시아인들은 자기네 왕에게서
하사품으로 받은 목걸이를 걸고 다녔다 한다.

13행 다쿠스와 아이티옵스는 내란에 : 다쿠스는 다키아를 가리키며,
아이티옵스는 이집트, 특히 클레오파트라를 가리킨다. 안토니우스와
옥타비아누스의 내전이 벌어졌을 때 다키아는 안토니우스를 지지했다.
옥타비아누스는 악티움 해전을 통해 안토니우스를 물리쳤다.

21행 이오니아의 춤을 : 소아시아의 희랍 도시에서 유래한 관능적 춤을 가리킨다.

25행 새파란 정부들을 : 소녀들은 어린 나이에 늙은 남자와 혼인하곤 했다.

34행 카르타고의 피 : 1차 카르타고 전쟁(기원전 264~241년) 당시 여러 번의
해전에서 로마군은 카르타고 해군을 분쇄했다.

35~36행 퓌로스……안티오쿠스……한니발 : 기원전 275년 베네벤툼에서
마니우스 쿠리우스는 이탈리아를 침공한 퓌로스를 물리쳤다. 안티오쿠스는
쉬리아의 왕으로 기원전 190년 마그네시아에서 로마에 패배했고, 한니발은
기원전 202년 북아프리카 자마에서 스키피오에게 패배했다.

38행 사비눔의 곡괭이 : 이탈리아 동부 산악지대에 살던 사비눔족을 가리킨다.
척박한 자연환경에서 힘겹게 농사를 지으며 살아가는 삶의 대명사로 쓰였다.

39~40행 엄한 어미의 지시를 받들어 : 가정을 돌보는 것이 어머니의 몫으로
그려져 있으며, 가부장은 현재 전쟁 등의 이유로 집을 떠나 있는 듯하다.

45~46행 세월의 저주에 무언들 쇠락하지 않을까 : 소포클레스『콜로노스의
오이디푸스』609행 이하 "나머지는 모두 전능한 시간이 파괴해 버리지요.
대지의 힘도 쇠퇴하고 신체의 힘도 쇠퇴하며, 신의는 죽고 불신이 생겨나지요.
그리하여 친구들 사이에도 같은 마음가짐이 오래 버티지 못하며 도시와 도시
사이도 마찬가지지요."

III 7 왜 울음을 우는가?

1행 아스테리에 : 빛나는 얼굴이란 뜻을 가진 여인의 이름이다.

2행 귀게스 : 신화적 인물과 같은 이름을 가진 상인으로 보인다.

3행 튀니 : 튀니 사람들은 트라키아에 살다가 비튀니아로 이주한 종족으로

알려졌다. 비튀니아는 소아시아 북서부에 위치한 지방으로 페르시아 멸망 후 독립했고, 기원전 73년 로마의 속주가 되었다.

5행 오리쿰 : 아드리아해에 위치한 항구도시로, 이탈리아 반도의 동쪽 끝자락과 마주 보는 희랍 도시다.

6행 산양좌 : 산양좌는 마부좌에 속하는 별들로 10월 말경 수평선에 보이기 시작하는데, 폭풍의 계절이 다가오고 있음을 알려 준다.

10행 클로에 : 귀게스가 머물고 있는 객사의 안주인 클로에는 귀게스에 대한 사랑으로 시름하고, 이를 클로에의 하인이 귀게스에게 전한다.

13행 프로테우스 : 호메로스 『일리아스』 6권 156행에 따르면, 프로테우스의 아내 안테이아는 벨레로폰을 유혹하려다 실패하자 남편에게 벨레로폰에게 추행 당했다고 거짓말을 했다. 프로테우스는 벨레로폰에게 편지를 주고는 안테이아의 친정아버지에게 보내는데, 편지에는 벨레로폰을 죽이라는 내용이 적혀 있었다.

18행 마그네시아의 휘폴리테 : 마그네시아의 왕 아카스토스는 펠레우스의 살인죄에 대해 정화의식을 거행해 주었다. 아카스토스의 아내 휘폴리테는 펠레우스를 사랑하게 되었고, 펠레우스는 그녀의 사랑을 거절했다. 이에 앙심을 품은 휘폴리테는 남편에게 펠레우스를 모함했고, 남편은 그를 죽이려 했다.

20행 역사를 날조하고 꾸며낼 것이나 : 앞의 두 고사를 들어 사랑을 받아들이지 않으면 목숨이 위험할 수도 있다고 클로에의 하인이 귀게스를 위협한다.

21행 이카로스 암초 : 에게해 사모스섬의 동쪽에 위치한 암초다.

27행 에트루리아 강둑 : 로마를 관통하는 티베리스강의 좌안이 에트루리아이며, 우안에 로마 시가지가 위치한다. 티베리스강을 헤엄쳐 건너는 사람은 상당히 뛰어난 신체적 능력을 갖춘 사람으로 인정받았다.

III 8 삼월 초하루

1행 삼월 초하루 : 매년 3월 1일은 유노 여신에게 가모(家母)들이 에스퀼리아이 언덕에 모여 제사를 올리는 날이다. 여인들은 가정의 수호신 유노에게 출산의 축복을 기원했다.

5행 두 가지 말을 배운 : 희랍어와 라티움어 모두를 배워 익혔다는 뜻으로 교양이 높음을 의미한다.

7행 주신 : 원문 'Libero'는 박쿠스의 다른 이름이다.

9행 한 해가 지나 : 호라티우스는 쓰러지는 나무에 맞아 죽을 뻔한 사건을 당했다. II 13, II 17과 III 4를 보라.

11행 툴루스가 집정관을 : 기원전 66년은 루키우스 볼카키우스 툴루스가 집정관을 역임한 해이며, 호라티우스가 태어나기 1년 전이다. 기원전 33년은

다른 루키우스 볼카키우스 툴루스가 집정관을 지낸 해인데, 이때 호라티우스는
마에케나스에게서 사비눔 영지를 선물받았다. 이하 18행에 비추어 기원전
66년이 유력해 보인다.

17행 수도 로마의 국가 걱정 : 마에케나스는 아우구스투스가 로마를 비울 때 그를
대신해 수도 로마를 돌보았다고 한다.

18행 다키아 왕 코티소의 군대 : 기원전 29년 마르쿠스 크라수스에 의해
격퇴되었다.

19행 메디아는 서로에게 슬픔을 : 기원전 32년 파르티아 사람들은 잔혹한 왕
프라아테스 4세를 내몰고 티리다테스 2세를 왕으로 세워 내전이 시작되었다.
스퀴티아의 도움으로 프라아테스는 왕권을 회복했고, 티리다테스는 쉬리아로
도망쳤다.

22행 칸타브리아 : 기원전 19년 아그리파에 의해 완전히 복속될 때까지
칸타브리아, 다시 말해 히스파니아 북부 산악지역은 로마에 계속해서 저항했다.
칸타브리아를 제외한 나머지 히스파니아 지역은 기원전 97년 세르토리우스에
의해 거의 복속되었다.

23행 스퀴티아 : 호라티우스는 늘 스퀴티아를 로마제국의 동쪽 끝을 위협하는
야만족으로 그린다.

26행 정무관도 아닌데 : 마에케나스는 기사 계급으로서 원로원 의원 등 공직에
출마하지 않았다. 하지만 아우구스투스가 공적인 업무로 로마를 떠나 있는 동안
때로 '수도 장관(custodia urbis)'을 맡았다.

III 9 자네가 나를

4행 페르시아의 왕 : 페르시아는 흔히 권력과 부와 행복을 상징한다.

6행 클로에 : 『서정시』 I 23, III 7, III 26에도 등장한 여자 이름이다. 여기서
클로에는 트라키아 출신의 해방노예로 키타라 연주에 능한 여자로 등장한다.

7행 뤼디아 : 소아시아의 지명에서 나온 여자 이름으로 흔히 기녀에게 붙여지는
이름이다. 『서정시』 I 8, I 13, I 25, IV 19를 보라.

8행 일리아 : 레아 실비아라고도 불리며, 전쟁의 신 마르스와 결합하여 로물루스와
레무스를 낳았다.

13행 투리이 : 남부 이탈리아에 희랍인들이 세운 풍요로운 도시다. 뤼디아의 새
애인 칼라이스는 풍요로운 도시의 최고 갑부를 아버지로 둔 사람이다. 남자가
트라키아 출신의 애인을 이야기하자 여자는 희랍 출신의 애인으로 대꾸한다.

14행 주고받아 : 남자가 "지배하는"이라고 말하자 여자가 "주고받아"라고
대꾸한다.

18행 청동멍에 : 청동은 영원함을 나타내고 멍에는 흔히 두 마리의 소를 한 쌍으로
　묶는다는 의미로 남녀의 결합을 나타낸다.
20행 쫓겨났던 : 전승 사본은 남자가 클로에에게 빠졌고 뤼디아가 쫓겨난 것으로
　되어 있다. 남자가 클로에에게 빠지자 뤼디아가 남자를 쫓아낸 것으로 수정한
　학자도 있다.
22행 목피(木皮)보다 가볍고 : 변덕스럽고 경박한 모습을 나타낸다.

III 10 세상 끝 타나이스강을

1행 타나이스강 : 러시아를 가로질러 흑해로 흘러드는 강으로, 오늘날 돈강이라고
　불린다.
6행 고운 집들 틈에 심은 나무들 : 로마에서는 고급 주택의 주변에 조경을 위해
　나무를 심어놓곤 했다.
7행 청명한 유피테르 : 폭설이 내린 다음 날에는 맑게 갠 하늘과 함께 추위가
　찾아온다.
10행 도르래가 뛰면 줄도 도로 풀리는 법 : 기중기로 물건을 옮길 때 물건이 너무
　무거우면 일꾼이 줄을 놓치고 도르래가 거꾸로 돌아 감겨 있던 줄마저 빠져
　버린다.
11행 냉담한 페넬로페 : 오뒷세우스의 부인 페넬로페는 청혼자들을 냉담하게
　대하면서 남편을 기다렸다.
12행 튀레눔의 부모 : 뤼케의 부모가 에트루리아 출신임을 암시하는 대목이다.
　에트루리아는 풍요와 사치의 대명사다.
15행 피에리아 첩 : 피에리아는 마케도니아 올륌포스산 북쪽에 위치한 고장으로,
　무사여신들과 관련된 지역이다. 사랑을 갈망하는 탄원자는 그녀의 남편이 지금
　마케도니아 출신 여자와 사랑에 빠져 있음을 상기시키면서 뤼케를 설득하려 한다.
18행 마우리타니아 : 북서아프리카 사하라 사막을 가리킨다.

III 11 메르쿠리우스여

1행 메르쿠리우스 : 메르쿠리우스 신은 시인의 수호신(『서정시』 I 10)이자 사랑의
　전달자(『서정시』 I 30)다. 호메로스 『헤르메스 찬가』에 따르면 헤르메스가
　아폴로에게 주기 위해 거북의 등껍질을 이용하여 칠현금을 만드는 이야기가
　전해진다.
2행 암피온 : 테베의 왕으로 그는 악기를 연주하여 테베의 성벽을 쌓아 올렸다.
5행 전에는 침묵하며 환영받지 못하던 : 거북의 등껍질은 헤르메스가 악기로
　만들기 이전에는 아무런 쓸모없이 버려지던 물건이었다.

7행 뤼데 : 일반적인 기녀의 이름이다.

13~14행 나무들도…… 급류의 강물도 멈추게 한다 : 오르페우스의 행적으로 여러
번 언급된다. 『서정시』 I 12, 9행을 보라.

16행 케르베루스 : 저승 입구를 지키는 개로, 호라티우스는 케르베루스의 머리에
복수 여신들처럼 뱀의 머리카락이 자라났다고 묘사하고 있다(17~20행).

21행 익시온과 티튀오스 : 익시온은 테살리아 레피타이족의 왕으로, 제우스의
아내 헤라 여신을 범한 죄로 저승에서 불수레에 묶여 영원히 도는 벌을 받았다.
또 『오뒷세이아』 11권 576행 이하에서 티튀오스는 레토 여신을 납치한 죄로
저승에서 독수리들에게 간을 쪼아 먹히는 형벌을 받고 있다.

23행 다나오스의 딸들 : 아르고스의 왕 다나오스는 자신을 내쫓은 형의
아들들에게 딸들을 시집보내지 않기 위해 딸들을 시켜 첫날밤에 남편들을
살해하게 한다. 그녀들은 살인죄로 저승에서 밑 빠진 독에 물을 채우는 형벌을
받았다. 오직 휘페르메스트라만이 남편을 죽이겠다는 맹세를 어기고(35행
"명예로운 거짓말") 남편을 살려 보냈다.

43행 감옥에 : 다나오스의 딸들은 첫날밤 방문을 잠그고 남편들을 죽였다.

47행 누미디아 사람들 : 북아프리카의 원주민들로, 카르타고의 남서쪽 지역에
산다. 거기서 남쪽으로 사막지대가 펼쳐진다.

48행 실어다 버리신대도 : 원문 'releget'는 추방의 한 종류다. 재산 등의 피해는
없이 추방자 본인만이 로마를 떠나는 추방이었다.

III 12 사랑을 즐기지도

2행 백부 : 로마에서는 흔히 엄격함을 상징한다.

4행 퀴테라의 날개 달린 소년 : 퀴테라는 베누스 여신의 별명이며, 여기서 날개
달린 소년은 쿠피도를 가리킨다.

6행 네오불레 : 아르킬로코스의 시에 등장하는 여인의 이름이다. 네오불레는 청년
헤브루스에 대한 사랑에 빠져서 해야 할 일거리들을 버려두었다.

6행 리파라 헤브루스 : 리파라는 시킬리아 섬의 북쪽에 위치한 화산섬들이다.
헤브루스는 남자 이름으로 트라키아에 위치한 강의 이름이기도 하다.

8행 벨레로폰 : 날개 달린 말 페가수스를 타고 다니던 청년이다. 『서정시』 III 7과
IV 11을 보라.

III 13 반두시아의 샘

1행 반두시아 : 호라티우스의 고향 베누시아 근처에 위치한 샘의 이름이
반두시누스였다. 시인은 이 이름을 현재 자신이 머물고 있는 사비눔의 샘에

붙였다.

2행 술에 섞을: 흔히 포도주를 마실 때는 포도주 원액을 맑고 시원한 샘물에
희석해서 마셨다.

3행 네게 염소를 바치리라: 10월 13일은 샘물의 축제일로, 샘물가에서 희생
제물을 바쳤다.

9행 천랑성: 여름에 나타나는 별자리로 맹렬한 더위를 동반한다.

13행 이름 높은 샘: 호라티우스가 언급하는 샘들로 카스탈리아 샘(『서정시』 III 4,
61행), 드르케 샘(『서정시』 IV 2, 25행) 등이 있다. 오비디우스 『변신 이야기』 5권
409행 이하에 언급된 아레투사샘도 고대 세계에서 매우 유명했다.

14행 속 빈 동굴 가에: 반두시아샘이 솟아오르는 주변에 커다란 암벽이 있고,
거기에 안으로 움푹 팬 동굴이 자리하며, 주변에는 나무들이 무성하다.

III 14 헤라클레스처럼

1행 헤라클레스처럼: 헤라클레스는 열 번째 과업으로 히스파니아에서 괴물
게뤼온을 물리치고 소들을 빼앗아 로마를 거쳐 귀환했다.

2행 목숨을 치렀다 전해진: 히스파니아 원정 도중 아우구스투스가 부상으로
목숨을 잃었다는 소문이 있었다.

3행 히스파니아 해변에서: 아우구스투스는 기원전 24년, 3년간의 히스파니아
전쟁을 치르고 로마로 귀환했다.

4행 페나테스: 로마에서 집안의 수호신을 뜻한다.

5행 부인: 아우구스투스의 부인 리비아를 가리킨다. 결혼을 한 번만 한 여인이란
것은 로마에서 일종의 명예다. 하지만 리비아는 티투스 클라우디우스 네로와
기원전 38년에 이혼하고 아우구스투스와 재혼했으므로 이에 해당하지 않는다.

7행 누이: 옥타비아를 가리킨다.

10~11행 남편을 아직 두지 않은: 전승 사본에 따르면 '이미 남자를 경험한
소녀들'이라고 읽어야 한다. 그러나 문맥상 미래의 남편감이 될 청년들이 무사히
돌아온 것을 기뻐하는 미래의 신부들을 가리키는 것으로 보아야 한다는
벤틀리의 수정 제안을 따랐다.

12행 발언을 삼가라: 이 말은 앞서 III 1, 2행 'favete linguis'와 같은 의미다.
"흉하고 불길한 발언"은 어떤 말이 흉하고 불길한 결과를 초래할지 모르니
조심하라는 뜻이다. 전승 사본의 '이름난(nominatis)' 대신 벤틀리의 수정 제안
'불길한(inominatis)'을 따랐다.

18행 마르시의 전쟁: 기원전 90년의 동맹시 전쟁을 가리킨다. 동맹시 전쟁에서
마르시 사람들은 로마에 대하여 정치적 평등을 주장하며 전쟁을 이끌었다.

19행 스파르타쿠스 : 기원전 73년에 노예 반란이 있었고, 기원전 71년 크라수스에
의해 노예 반란이 진압되었다. 스파르타쿠스의 노예 반란군은 카푸아를
출발하여 알프스 이남 갈리아까지 진출했고, 이후 다시 이탈리아 반도의
최남단까지 휩쓸고 다녔다.

21행 네아이라 : 흔히 기녀의 이름으로, 기원전 4세기 아테네에서 데모스테네스의
고발 연설로 유명한 네아이라가 있다.

22행 머리를 묶고 : 『서정시』 I 5, 4행을 보라.

26행 백발에 : 이 시가 기원전 24년에 쓰인 것이라고 할 때 호라티우스는 마흔한
살이었다. 백발을 운운하기에는 아직 젊은 나이지만, 다른 전거(『서간시』 I 20,
24행)에 비추어 볼 때 호라티우스는 조백(早白)했던 것으로 보인다.

27행 플랑쿠스가 집정관이던 : 루키우스 무나티우스 플랑쿠스는 기원전 42년
집정관을 지냈다. 『서정시』 I 7, 19행을 보라.

III 15 가난한 시인

1행 이뷔코스 : 이뷔코스는 기원전 6세기 희랍 시인이다. 남부 이탈리아의
대희랍에 속하는 레기온에서 태어났으며, 시킬리아에서 활동했다. 사모스 섬의
참주 폴뤼크라테스를 위해 일했다고 한다. 여기서는 희랍 시인의 이름을 딴 어떤
가난한 시인을 가리킨다.

10행 튀이아스 : 디오뉘소스를 숭배하는 여인을 가리킨다.

11행 노투스 : 희랍어로 '거짓된'이라는 뜻을 가지며, 시민권자와 비시민권자의
결합으로 태어난 아들을 의미한다.

12행 사랑의 염소 : 디오뉘소스를 모시는 남성 숭배자 사튀로스는 염소의 형상을
가지고 있으며, 음탕함의 대명사다.

13행 루케리아 : 이탈리아 남부 아풀리아에 속한 도시로, 타렌툼과 함께 양모
생산지로 유명하다.

III 16 청동탑에 갇혀있는

1행 다나에 : 다나에의 아버지는 아르고스의 왕 아크리시오스이며, 다나에는
나중에 제우스의 아들 페르세우스를 낳는다. 아크리시오스는 딸이 아들을
낳으면 자신을 내몰 것이란 신탁 때문에 딸을 청동탑에 가둔다.

11행 아르고스의 예언자 : 아르고스의 암피아라오스를 가리킨다. 오이디푸스 왕의
아들 폴뤼네이케스는 암피아라오스의 아내 에뤼필레를 선물로 꾀었고, 그녀는
남편에게 테베 전쟁에 참가하도록 설득했다. 결국 암피아라오스는 전사했다.

13~14행 마케도니아 남자 : 알렉산드로스 대왕의 아버지 필립포스는 나귀에

황금을 가득 실어 가져간다면 성문을 열지 않을 도시가 없을 것이라고 말했다.

16행 장군들도 녹인다 : 예를 들어 메노도로스는 폼페이우스 밑에서 활약한 해군 제독이다. 그는 폼페이우스를 버리고 옥타비아누스에게 투항했으며, 이에 대한 대가로 기사 신분을 하사받았다.

20행 기사의 영광 마에케나스여 : 『서정시』 I 1, I 20, II 17, III 29를 보라.

28행 아풀리아 : 이탈리아 반도의 동남부 지방이다.

30행 굳은 믿음 : 대지는 열심히 농사짓는 농부의 기대를 저버린다. 서정시』 III 1, 29~32행을 보라.

31~32행 비옥한 아프리카의 찬란한 권력 : 북아프리카, 특히 카르타고의 농업 생산성은 고대 사회에서 대단히 유명했다. 벤틀리는 여기서 ‘fulgente’로 수정하기를 제안했으나 원문에 따라 ‘fulgentem’으로 읽었다.

33행 칼라브리아 벌들 : 칼라브리아는 이탈리아 반도 서남단에 위치하고 있다. 이곳에서 생산되는 벌꿀은 매우 유명했다.

34행 라이스트뤼고니아 : 『서정시』 III 17를 보라. 라이스트뤼고네스 사람들을 다스린 왕은 라모스(『오뒷세이아』 10권 80행 이하)라 불리며, 라모스에게서 라미아 씨족이 생겨났고 이들은 포르미아 지역을 다스렸다고 한다. 포르미아는 유명한 포도주 산지다. 『서정시』 I 20, 11행을 보라.

36행 갈리아 들판 : 알프스 이남 갈리아는 목축이 번성했으며, 질 좋은 양모 생산지였다.

41행 뮈그도니아를 알야테스 왕국 : 알야테스는 뤼디아의 왕이다. 뮈그도니아는 일찍이 뮈그돈이 다스렸던 프뤼기아의 평온을 가리킨다(『일리아스』 3권 185행 이하). 뮈그도니아와 뤼디아를 합하면 소아시아 전체를 아우르게 된다.

III 17 옛날 라무스 혈통을

1행 아일리우스 : 루키우스 아일리우스 라미아를 가리킨다. 라미아는 『서정시』 III 16에서도 언급한 것처럼 라이스트뤼고네스족의 왕 라무스에게서 유래했다고 한다. 『서정시』 I 26, I 36에서도 라미아가 언급된다.

3행 축제연보 : 원문 ‘fastos’는 역대 집정관의 이름을 기록한 목록을 가리킨다. 호라티우스는 라미아 집안이 크게 번창할 것이라고 말해 준다. 라미아 집안에 집정관 역임자는 기원후 3년 이후에 등장한다.

6행 포르미아 : 라티움 지방 남부의 도시다. 『서정시』 III 16, 34행을 보라.

7행 리리스강 : 라티움과 캄파니아의 경계 지점에 흐르는 강이다. 『아이네이스』 7권 47행에 따르면 마리카는 이탈리아의 여신으로 라티누스의 어머니며, 리리스강 하구에 위치한 숲을 지키는 요정이기도 하다.

12~13행 장수하는 까마귀 : 루크레티우스『자연에 관하여』5권 1084행에 의하면
  고대인들은 까마귀가 인간의 몇 세대를 산다고 믿었다. 또 까마귀는 비가 올
  것을 예언하는 능력이 있다고 믿었다.

15행 생일 : 원문 'Genium'은 사람이 태어날 때 운명을 주관하는 신으로, 사람과
  함께 태어나 사람과 함께 소멸한다고 믿어진다.

15행 두 달배기 돼지 : 갓 젖을 뗀 돼지는 가정 수호신에게 희생 제물로 바쳐졌다.

III 18 도망하는 요정들을

1행 파우누스 : 희랍의 목동신 판과 동일한 신으로 왕성한 성욕으로 유명하다.
  『서정시』III 17, 7행에 언급된 마리카의 남편으로 라티누스의 아버지다.

2행 저의 땅 : 호라티우스의 고향인 사비눔을 가리킨다.

6행 베누스의 추종자 술단지 : 흔히 사랑의 신 베누스는 포도주의 신 박쿠스와
  같이 다닌다고 생각되었다. 술단지는 포도주와 맑은 샘물을 섞을 때 사용했다.

7행 옛 제단 : 사비눔 농지의 예전 소유자들이 파우누스에게 제사를 지내던
  제단으로 보인다.

9행 풀이 자란 : 이탈리아에서는 12월에도 푸른 목초지를 볼 수 있다.

10행 섣달 초닷새 : 12월 5일은 파우누스에게 바쳐진 날이다.

13행 건방진 : 주변을 맴도는 늑대들을 두려워하지 않는 양 떼에 대한 수식어다.

14행 밭에다 흩뿌리며 : 마치 나무들이 파우누스를 환영하는 듯한 모습을 보인다.

15행 미워하는 : 대지는 농부의 입장에서 많은 노역의 원인이기 때문이다.

III 19 이나코스에게서

1행 이나코스 : 아르고스의 첫 번째 왕이며, 그의 딸은 제우스의 애인으로 헤라의
  미움을 받아 소의 몸으로 세계를 떠돌아다녔다고 한다.

2행 코드로스 : 아테네의 마지막 왕이다. 왕이 죽지 않으면 아테네가 스파르타에
  정복될 것이라는 델포이 신탁을 듣고, 코드로스는 조국을 위해 홀로 스파르타의
  진영으로 잠입하여 전투를 벌이다가 살해되었다.

3행 아이아코스 집안 : 아이아코스는 아킬레우스와 아약스와 테우케르의
  할아버지이며, 펠레우스와 텔라몬의 아버지다. 또 그의 증손자는 트로이아를
  함락시킨 네오프톨레모스다.

5행 키오스 : 키오스는 소아시아의 섬이다.

8행 파엘리그니 : 파엘리그니는 로마 동쪽에 위치한 아펜니노 산맥에 속한
  산악지대로 해발고도 때문에 극심한 추위에 시달렸다.

11행 무레나 : 기원전 62년 집정관을 지낸 루키우스 리키니우스 무레나의 아들로,

테렌티우스 바로에게 입양된 무레나를 가리키는 것으로 보인다. 그의 누이
테렌티아는 아우구스투스 황제의 최측근 마에케나스의 아내다.

13행 홀수의 무사여신들 : 무사여신들은 아홉 명으로 알려졌다.

17행 벌거벗은 자매들 : 흔히 그라티아 여신들은 벌거벗은 모습으로 춤을 추는
것으로 그려진다.

18~19행 베레퀸티아의 피리 : 베레퀸티아의 피리는 프뤼기아의 산
베레퀸토스에서 모시던 대지의 여신 퀴벨레의 제사 때 연주되었다.

24행 뤼쿠스 노인이 감당 못할 여인 : 이웃에 사는 노인 뤼쿠스는 아마도 젊은
아내를 얻어 살고 있는데 젊은 아내를 감당하지 못한다. 그래서 이웃에서
들려오는 음악 소리를 못마땅하게(22행) 생각하는 듯하다.

25행 많은 머리숱의 : 노인 뤼쿠스와 대조되는 인물로 아직도 머리숱이 많다는
것은 젊다는 것을 암시한다.

27행 몸이 뜨거운 로데 : 앞서 24행에서 언급된 젊은 이웃집 여인으로 보인다.

III 20 알지 못하겠나

2행 퓌로스, 가이툴리아 암사자 : 퓌로스는 아킬레우스의 아들 네오프톨레모스의
다른 이름. 가이툴리아는 북아프리카 아틀라스 산맥의 척박한 산악지대를
가리킨다.

6행 네아르쿠스 : 15행 이하에서 말해 주는 것처럼 네아르쿠스는 동성애 대상인
미소년이었던 것으로 보인다.

11행 벗은 발아래 : 14행 이하에서 바람을 쐬고 있는 것과 연관하여, 더운 몸을
식히기 위해 신발을 벗은 것으로 추측할 수 있다.

12행 승리의 야자수잎을 던져버리고 : 네아르쿠스를 놓고 두 사람이 대결을
벌이고 있으며, 두 사람 가운데 한 명은 승자의 상징으로 야자수잎을 받게 된다.
하지만 정작 승자를 가릴 네아르쿠스는 이런 대결에 무관심하다. 승리의 상을
발아래 버려두었다.

13행 머리가 가린 어깨 : 앞의 『서정시』 III 19, 25행을 보면 많은 머리숱은 젊고
아름다운 청년의 특징이다.

15행 니레우스 : 『일리아스』 2권 6/3행 이하에서 니레우스는 트로이아 전쟁에
참전한 영웅들 가운데 아킬레우스 다음으로 아름다운 청년이었다.

15행 샘이 많은 이다산 : 이다산은 트로이아에 위치한 산으로 『일리아스』 11권
157행에 따르면 이다산에 붙이는 별칭은 '샘이 많은'이다.

16행 납치된 소년 : 제우스에게 납치된 소년 가뉘메데스를 가리킨다.

III 21 만리우스가 집정관일적에

1행 만리우스가 집정관 : 루키우스 만리우스 토르콰투스는 기원전 65년에
집정관을 지냈다. 호라티우스는 기원전 65년에 태어났다.

5행 마시쿠스 포도주를 : 캄파니아 북부 지방의 마시쿠스산에서 나는 유명한
이탈리아 포도주로 질이 좋다. 『서정시』 I 1, 19행과 II 7, 21행 참조.

7행 코르비누스 : 마르쿠스 발레리우스 메살라 코르비누스(기원전 64~8년)는
문학과 예술의 후원자였다. 어린 시절 호라티우스, 아들 키케로 등과 아테네에서
공부했으며, 필리피 전투 이후 안토니우스를 거쳐 옥타비아누스에게 협조했다.
이후 아시아와 갈리아에서 세운 전공을 기려 기원전 27년 그의 개선식이
거행되었다.

9행 소크라테스적 대화 : 코르비누스는 문학과 예술 외에도 철학에 관심이 많았다.

11행 옛사람 카토 : 호구감찰관 카토(기원전 234~149년)는 매우 엄격한 로마인의
전형으로 '구닥다리'로 여겨질 만한 인물이다.

22행 좀체 춤추길 멈추지않는 : 그라티아 여신들은 함께 어울려 서로 팔짱을 끼고
춤추는 모습으로 그려진다.

III 22 높은 산과 깊은 숲을

2행 태중의 아이로 신음하는 소녀들 : 디아나 여신은 산고에 시달리는 소녀들을
수호하는 여신이다.

4행 세 모습의 여신 : 하늘에서는 루나 여신, 땅에서는 디아나 여신, 하계에서는
헤카테의 모습을 하는 여신으로, 흔히 여신의 동상을 삼거리에 세워 놓았기
때문에 '삼거리 여신(Trivia)'이라고도 불렸다.

5행 저의 집 커다란 소나무 : 호라티우스는 부러진 나뭇가지에 맞아 크게 다칠
뻔한 사건을 여러 번 언급한다. 『서정시』 II 13, II 17, III 4, III 8을 보라.

7행 비스듬한 공격을 꾀하는 : 수퇘지의 엄니를 이용한 공격을 가리킨다.

III 23 하늘을 향해

1행 하늘을 향해 손바닥을 : 흔히 제사를 지낼 때 취하는 자세다.

2행 피뒬레 : 희랍어 '검소한' 혹은 '소박한'이라는 형용사에서 파생된 이름이다.

2행 달이 차오를 때 : 초승달이 뜰 때 매달 성주신과 조상신에게 드리는 제사를
거행했다.

4행 성주신 : '성주신'으로 번역한 '라레스(Lares)'는 흔히 가정을 지키는
수호신이자 조상신이다. 이와 비슷한 신으로 '신주(神主)'로 번역되는
'페나테스(Penates)'가 있다.

9행 알기두스 : 로마의 남쪽 알바롱가 산지에 위치한 산이다. 알기두스산은 가을에 눈이 쌓이지 않는다.

10행 알바롱가 목장에서 : 알바롱가 목장은 대제관들이 관리했으며, 여기서 키워지는 가축들은 희생 제물로 쓰였다.

14행 작은 신들 : 가정마다 모시는 성주신(Lares) 혹은 조상신(Penates) 등이 있다.

15행 바다 이슬 : 향초의 일종으로 흔히 로즈메리라고 불리는데, 라티움어로 풀면 '바다 이슬'이다.

20행 돌아선 조상신 : 5행 이하에 언급된 불길한 일들을 막이 주십사 제사를 드리는 것이 목적이라고 할 때, 이런 불길한 일은 집안 식구들에게 조상신이 화를 내기 때문에 생긴 일로 간주된다.

III 24 누구도 얻지못한

2행 인도의 풍요 : 로마인들은 인도를 풍요로운 나라라고 생각했다. 많은 진귀한 물건들이 인도에서 수입되었기 때문이다.

3~4행 초석을 놓고 기둥을 박아 : 호라티우스 당대에 부자들은 해안가에 저택을 짓는 것이 유행이었다. 저택을 짓기 위해 해안가를 돌로 메우기도 했다. 『서정시』 II 18, 21행과 III 1, 33행 이하를 보라.

4행 기둥을 박아 : 전승은 '공공 바다(mare publicum)'이고, 팔머(Palmer)는 'mare sublicis'로 수정했다. '공공 바다'는 아마도 모든 사람이 접근할 수 있었던 바다인 듯하고, 팔머는 '초석(3행)'에 더하여 '기둥(sublicis)'을 추가하여 공공 바다를 사적으로 사용하는 행위를 강조했다.

6행 두려운 운명 : 바닷가에 건축물을 올리는 부자를 위해 "두려운 운명"이 건축가가 되어 집을 지어주고 있다.

11~12행 게타이 사람들 : 도나우강 북쪽에 살던 민족이다.

12~13행 자유로운 곡식들 : 누구에게도 속하지 않은 것으로 누구나 자유롭게 수확해서 먹을 수 있는 것들을 가리킨다.

13행 케레스 : 케레스 여신은 곡물과 수확의 여신으로 희랍에서는 데메테르 여신이라고 불린다.

14행 한 해 이상의 농사 : 한 지역의 농지에서 여러 해 동안 계속해서 농사짓는 것을 피하는 것은 지력(地力)을 회복하기 위한 농법이었다. 여기서 호라티우스는 이런 농사법을 욕심 없는 생활 태도로 해석한다.

18행 의붓자식에게 선의를 보이고 : 새엄마가 전처 소생에게 호의를 보이지 않는 것은 로마 당대에도 흔한 세상인심이었다.

27행 국부(國父) : 원문 'pater urbium'은 'pater patriae'와 같은 뜻이다. '국부'의

칭호가 아우구스투스에게 부여된 것은 기원전 2년이다.

31행 살아있던 덕 : 가이우스 율리우스 카이사르의 암살을 암시한다.

38행 보레아스 : 북쪽 지방을 가리킨다.

40행 장사꾼 : 호라티우스에게 '장사꾼'과 '뱃사람'은 흔히 돈을 좇으며 어떤 일이든 감행하길 마다치 않는 사람을 가리킨다.『서정시』 I 1, 15행 이하를 보라.

45행 카피톨리움 언덕 : 유피테르 신전이 위치한다. 아우구스투스는 상당량의 금은보화를 유피테르 신전에 바쳤다고 전한다.

54행 훈련으로 단련시켜야한다 : 아우구스투스는 귀족 자제들이 어린 시절 군사훈련을 받도록 하는 조치를 단행했다.『서정시』 III 2, 1~6행을 보라. 베르길리우스『아이네이스』 5권 545~603행에 언급된 "트로이아 축제"를 보라.

61행 부당한 상속인 :『서정시』 II 3, 20행과 II 14, 25행처럼 상속인은 물려받은 재산을 지키지 못하고 모두 탕진해 버린다. 그래서 이런 상속인에게 재산을 물려주는 것은 "부당한" 일이다.

62행 고약한 재산 :『서정시』 III 16, 17행 이하처럼 재산이 늘어나면서 걱정도 함께 늘어가기 때문에 부를 쌓아 놓기만 하는 부자에게 재산은 "고약한" 물건이다.

III 25 박쿠스여, 어디로

6행 저의 노래 : 아우구스투스의 신격화와 관련하여, 올림포스에서 열리는 신들의 회의에 참석한 아우구스투스의 모습을 찬양하는 노래를 가리킨다.

8행 에돈산 : 이는 벤틀리의 추정이며, 에돈산은 트라키아에 위치한 산이다. 전승 사본에는 '잠들지 않는(exsomnis)'인데 이는 박쿠스를 모시는 신도들이 밤새 잠들지 않은 채 춤추고 노래하기 때문이다. 아래에 등장하는 트라키아의 여러 지명과 호응을 생각하여 추정을 따른다.

9행 헤브룸 : 트라키아의 강이다.

10행 거친 흥분의 발 : 박쿠스를 따르는 신도들이 산에서 춤을 출 때에 흥분한 상태에서 발을 굴러 땅을 친다.

11행 로도페 : 트라키아의 산악지대.

11행 에우히아스 : 박쿠스를 따르는 여신도를 가리킨다.

14행 숲의 요정들 : 숲의 요정 나이아스는 디오뉘소스를 좇아다닌다.

15행 물푸레나무를 휘어놓을 만큼 힘센 : 에우리피데스 비극『박코스의 여신도들』 1064행 이하에서 여인들이 나무 위의 펜테우스를 발견하고 그를 공격하기 위해 나무를 뿌리째 뽑는다.

18행 레나이에 : 박쿠스의 또 다른 이름이다.

III 26 저는 여태 소녀들의

2행 싸워 : 사랑을 전쟁에 비유하고 있다.

7행 횃불 : 밤에 기녀를 찾아갈 때 길을 밝히기 위해 사용하던 횃불을 말한다.

8행 활 : 전승 사본에는 '활(arcus)'로 전하지만, 손님을 거절하는 기생집에 강제로
돌입하기 위해 문을 짜개는 일에 활은 부적합하다고 생각된다. 많은 주석가들은
'갈고리(aduncos)' 혹은 '도끼(secures)' 등의 추정을 내놓고 있다.

9행 퀴프로스 : 퀴프로스섬은 베누스 여신에게 바쳐진 섬이다.

9행 시토니아 : 시토니아는 트라키아의 시토니이 부족이 거주하는 지역으로 눈이
많은 곳이다.

10행 멤피스 : 이집트의 도시 멤피스는 베누스 여신과 관련이 있는 도시로, 이곳의
기녀들을 수호하는 여신이다.

12행 클로에 : 『서정시』 I 23과 III 9에서 언급된 기녀의 이름이다.

III 27 불길한 울음을

2행 라누비움 : 로마에서 아피우스 대로를 타고 브룬디시움 항구로 내려가다가
만나게 되는 도시다.

9행 폭우를 예언할 줄 아는 새 : 까마귀는 예언의 능력이 있다고 여겨졌다.
까마귀가 폭우를 예언하며 늪으로 날아가기 전에 까마귀를 불러 불길한 일을
막는다.

11행 해 뜨는 곳을 향해 : 동쪽은 행운을 가져다주는 방향이었다.

15행 왼쪽의 딱따구리 : 북쪽을 향하여 왼쪽에서 발견되는 딱따구리는 길조로
여겨졌다. 여기서 갈라테아는 남쪽으로 내려가는 길이기 때문에 왼쪽의
딱따구리는 흉조가 될 수도 있다.

15행 떠도는 까마귀 : 비를 불러오는 징조다.

17행 오리온이 기울어 : 오리온은 겨울 별자리이고, 겨울은 폭풍의 계절로
항해하기에 부적절한 계절이다.

19~20행 죄를 꾸미는 걸 : 서풍은 배를 이탈리아에서 희랍으로 데려다주는
바람이다. 여기서 '죄'는 호의적인 것처럼 보이던 서풍이 항해자들을 속인다는
뜻이다.

24행 뱃전 : 전승 사본에는 '강둑(ripas)'으로 전한다. '뱃전(costas)'은 베일리의
추정이다.

33행 일백의 도시 : 『일리아스』 2권 649행에서처럼 크레타섬은 흔히 100개의
도시가 있는 곳으로 불렸다.

41행 상아의 문 : 『오뒷세이아』 19권 562행 이하에서 거짓 꿈은 상아의 문을 통해

나오지만, 진실의 꿈은 뿔의 문을 통해 나온다.

52행 벗겨 : 에우로파는 지금 크레타의 해안에 내렸고 아무도 그녀를 지켜 줄 수 없는 '벌거벗은' 상태로 버려졌다.

59행 다행히 네게 복종한 허리띠 : 죽음이 마땅한 순간에 '다행히' 목을 맬 허리띠가 옆에 있었다.

60행 부수어라 : 전승 사본에는 '상처 내다(laedere)'로 전해진다. '부수다(elidere)'는 베일리의 추정이다.

66행 안주인을 만나는 걸 : 아가멤논은 트로이아 원정에서 돌아올 때 카산드라를 애첩으로 데리고 왔으며, 그녀를 아내 클뤼타임네스트라에게 맡겼다.

III 28 넵투누스를 위한 축일에

1행 넵투누스를 위한 축일 : 7월 23일은 넵투누스의 축일이다.

2행 카이쿰 : 카이쿰 포도주는 남부 라티움에서 나는 포도주 가운데 최상품에 속한다. 『서정시』 I 20을 보라.

3행 뤼데 : 『서정시』 III 11에 등장했던 기녀 이름이다.

5행 정오의 해 : 잔치가 시작된 시점은 늦은 오후이며, 아래 16행을 보건대 잔치는 밤늦도록 이어진다.

8행 집정관 비불루스 : 마르쿠스 칼푸르니우스 비불루스는 기원전 59년의 집정관이다. 이름 '비불루스'는 '음주벽'과 관련되어 있다. '술독'은 비불루스가 집정관일 때 담가 두었던 포도주를 가리킨다.

12행 발이 빠른 퀸티아 : 라토나 혹은 레토 여신의 딸 디아나 혹은 아르테미스를 가리킨다. 퓐티아는 레토 여신이 아르테미스를 낳은 델로스섬에 위치한 퀸토스산에서 유래한다.

14행 파포스 : 퀴프로스섬의 서쪽 해안에 위치한 도시로, 아프로디테에게 바쳐진 섬이다. 자신이 만든 조각상과 사랑에 빠진 퓌그말리온이 나중에 아프로디테의 호의로 여인이 된 조각상에게서 얻은 딸 이름이기도 하다.

14행 크니도스 : 크니도스섬은 아프로디테 여신상으로 유명한 곳이다.

III 29 그대를 위하여

1행 튀레니아 왕족 : 튀레니아는 에트루리아를 가리킨다. 마에케나스는 에트루리아 왕족의 후예다. 『서정시』 I 1을 보라.

6행 티부르, 아이풀라 : 티부르는 로마 동북쪽으로 30킬로미터 떨어진 곳에 있는 전원 지역이다. 티베리스강과 안니오강이 합류하는 곳으로 많은 폭포가 있었다. 아이풀라는 티부르와 프라이네스테 사이에 있는 언덕이다.

7~8행 텔레고노스의 산등 : 텔레고노스는 오뒷세우스와 키르케의 아들로
오뒷세우스를 죽이고 이탈리아 투스쿨룸 지역의 언덕에 나라를 세웠다.

17~19행 안드로메다의 아비, 프로퀴온, 사자좌 : 안드로메다의 아비는 케페우스
별자리를 가리키며, 7월 중순에 나타난다. 프로퀴온은 7월 15일경에 나타나는
별자리로, 천랑성이 뜨기 7일 전부터 보이기 시작한다. 7월 21일경에 나타나는
태양은 사자좌에 이르며, 7월 30일경에는 사자좌에 속한 레굴루스가 나타난다.

22행 실바누스 : 어둡고 깊은 숲을 지키는 이탈리아의 신이다.

25행 국가를 어찌 지탱해야할지 : 마에케나스는 아우구스투스를 도와 국정에
기여했으며, 특히 아우구스투스가 로마를 비울 때는 수도 행정을 책임지기도
했다. 『서정시』 III 8, 25행 이하를 보라.

27행 세레스인들과 퀴로스의 박트리아 : 세레스인들은 로마의 동쪽 국경지대에
사는 사람들을 통칭한다. 박트리아는 파르티아의 중심 지역으로 한때 퀴로스의
지배를 받았다.

28행 혼란의 타나이스강 : 타나이스강은 오늘날의 돈강이며, 스퀴타이인들이
점령한 지역이기 때문에 로마의 질서가 아직 미치지 못한 지역이다.

35행 에트루리아 바다 : 로마를 관통하는 티베리스강은 로마의 서쪽에 놓인
튀레눔해로 들어간다. '튀레눔'이라는 이름은 에트루리아에서 유래했다.

56행 지참금 없는 가난 : 시인은 "가난"을 마치 지참금 없이 시집 온 신부인 양
생각한다. 반면 "운명"(49행 이하)은 신의를 지키지 않는 여인으로 그려져 있다.

59행 퀴프로스와 튀리아 : 값비싼 사치품들이 생산되는 동방을 가리킨다.

63~64행 쌍둥이 폴뤽스 : 카스토르와 폴뤽스는 뱃사람을 보호하는 쌍둥이
신이다. 『서정시』 I 3, 2행에서는 '헬레나의 형제들'이라고 불렸다.

III 30 청동보다 영원할

7행 리비티나 : 리비티나는 죽음의 여신으로 베누스 여신과 동격이며, 베누스
리비티나 신전에는 망자들의 목록이 보관되어 있었다.

9행 대제관과 침묵의 처녀 : 대제관은 로마의 중요한 사제직이다. 침묵의 처녀는
베스타 신전을 지키는 여사제를 가리킨다.

10행 아우피두스 : 아우피두스는 호라티우스의 고향 아풀리아에 흐르는 강이다.

11행 다우누스 왕 : 아풀리아를 다스렸다는 전설의 왕이다. 아풀리아는 물이 귀한
지역이다.

13행 아이올리아 노래 : 아이올리아는 사포와 알카이오스의 고향이다. 『서정시』
I권에서 III권까지 여든여덟 개의 서정시 가운데 무려 쉰다섯 개의 시가 사포의
운율과 알카이오스의 운율로 지어졌다.

16행 멜포메네 : 멜포메네는 무사여신들 가운데 비극을 담당하는 여신이다.
하지만 호라티우스는 이런 구분을 심각하게 받아들이지 않았으며, 대개
무사여신들을 통칭한다.

IV 1 베누스여, 오랜 세월

2행 전쟁 : 16행의 '전쟁'과 함께 '사랑'의 다른 말로 쓰였다.

4행 키나라 : 호라티우스 작품 전체에서 네 번 언급된 여자 이름이다. 『서간시』 I 7,
28행, I 14, 23행, 『서정시』 IV 13, 21행 이하를 보라. 로마 엘레기에서 전형적으로
나타나는 모습으로, 남자는 사랑하는 여인에게 복종하고 지배받는 듯한 태도를
보인다.

9행 막시무스 파울루스 : 막시무스 파비우스 파울루스는 당대의 유명한
변호사로, 아우구스투스 황제와 매우 가까운 사이였으며 황제의 사촌
마르키아와 결혼했다.

10행 백조의 빛나는 날개 : "빛나는"의 원문은 '다홍빛의' 혹은 '자주색의'이다.
백조는 흔히 베누스 여신에게 바쳐진 새로 그려진다.

19행 알바누스 호숫가 : 로마의 남동쪽에 위치한 휴양지였다. 막시무스
파울루스나 그 가족은 아마도 이곳에 여름 별장을 가지고 있었을 것이다.

20행 노송 : 노송나무로 지붕을 엮어 그 아래 베누스의 조각상을 세운다는
뜻이다. 노송은 향기로운 냄새 때문에 흔히 신전 건축에 쓰였던 목재다.

22행 베레퀸티아의 피리 : 베레퀸티아산은 소아시아에 위치하며 대지의 여신
퀴벨레의 성소가 있다. 베레퀸티아의 피리는 프뤼기아 피리를 가리킨다.

27~28행 살리움풍의 세 박자 : 마르스 사제단을 '살리이(Salii)'라고 부른다.
마르스 사제들은 군무를 추고 노래를 부르며 마르스 신에게 제사를 지냈다.
『서정시』 I 36, 12행을 보라.

33행 리구리누스 : 『서정시』 IV 10, 5행에서도 언급되는 가공의 인물이다. 희랍어
'리귀로스'는 맑고 청아한 목소리를 의미한다.

38행 날쌘 그대를 : '그대'를 칭하는 리구리누스는 운동선수인 듯 보인다. 그는
마르스 연병장에서 달리기 연습을 하고, 티베리스강을 지나 헤엄을 친다.

IV 2 핀다로스에 도전하는

2행 율루스 : 율루스 안토니우스는 삼두정치의 마르쿠스 안토니우스와 풀비아의
둘째 아들로, 마르쿠스 안토니우스의 네 번째 부인 옥타비아가 돌봤다. 기원전
21년 율루스는 옥타비아의 딸 마르켈라와 혼인한다.

4행 그들의 이름을 남길 것이다 : 핀다로스에 도전하려는 자들은 다이달로스의

아들 이카로스처럼 불행한 운명을 맞이할 것이다. 이카로스는 아버지가 발명한 밀랍 날개를 달고 하늘을 날았으나, 태양에 너무 가까이 다가가다 밀랍이 녹자 날개를 잃고 바다에 빠져 죽었다.

10행 디튀람보스 : 디오뉘소스를 기리는 축제에서 부르는 노래를 디튀람보스라고 하며, 사람들이 광란과 환희 속에서 부르는 합창이었다.

13행 켄타우로스 : 켄타우로스 중 하나가 히포다메이아를 납치하려 했고, 그녀의 신랑 피리투스에 의해 죽임을 당했다.

14행 키메라 : 불을 내뿜는 괴물로, 얼굴은 사자, 몸은 염소, 꼬리는 뱀의 형상을 하고 있다. 영웅 벨레로폰에 의해 죽임을 당했다.

17행 엘리스 : 올륌피아 경기 축제가 열리는 그리스 남부 지방이다.

25행 디르케 : 핀다로스를 흔히 디르케의 백조라고 부른다. 디르케는 테베에 있는 유명한 샘이며, 테베는 핀다로스가 태어난 곳이다. 시인을 백조에 비유하는 것은 『서정시』 II 20을 보라.

28행 마디누스 꿀벌 : 마디누스산은 가르가노스 산괴의 일부로, 아풀리아의 동쪽 해안에 위치한 산이다. 아풀리아는 호라티우스의 고향에서 멀지 않다.

31행 고생스러운 노래 : 29행의 "끝없는 노고"로 만들어진 노래를 가리킨다.

34행 신성한 비탈길 : 카피톨리움 언덕으로 이어지는 신성(神聖) 대로의 일부를 '신성한 비탈길'이라고 불렀다.

36행 쉬감브리족 : 게르만족의 일파로 라인강 하구에 살던 사람들이다. 기원전 16년 아우구스투스는 이 지역을 정복하기 위해 원정에 나섰으나, 쉬감브리족은 로마 군단이 도착하기 전에 다른 지역으로 이주했다. 여기 언급된 쉬감브리족의 정복은 호라티우스의 상상일 뿐이다.

39행 옛 황금시대 : 최초의 인류가 살았던 시대를 흔히 황금시대라고 부르는데, 인류가 가장 행복했던 시기다. 호라티우스는 아우구스투스의 통치로 다시 황금시대가 도래했음을 말한다.

IV 3 멜포메네여, 당신의

1행 멜포메네 : 무사여신들 가운데 한 명이다.

3행 이스트미아의 업적 : 코린토스에서 4년마다 개최되는 범희랍 체육대회 중 하나를 '이스트미아 축제'라고 부른다.

12행 아이올리아 노래 : 아이올리아는 사포와 알카이오스의 고향으로, 레스보스섬과 근처 소아시아 일대를 가리킨다.

16행 질투의 이빨 : 남들의 질투를 받는다는 것은 성공의 표시이며, 질투 어린 공격에도 전혀 흔들리지 않는 것은 커다란 자긍심을 느낀다는 것을 의미한다.

18행 피에리아 : 피에리아는 올림포스산의 북쪽에 위치한 계곡으로, 흔히
　무사여신들의 거처로 알려졌다.

IV 4 마치 번개를

3행 가뉘메데스 : 제우스는 트로이아의 왕자 가뉘메데스를 사랑하여 그를 부리며
　곁에 두고 싶은 욕심에 독수리를 시켜 가뉘메데스를 납치했다.

17행 라이티아의 빈델리키족 : 빈델리키족은 알프스 이북과 다누비우스강(오늘날
　도나우강) 이남 지역에 거주하던 켈트족을 가리킨다. 라이티인들은 에트루리아
　계통의 민족으로 빈데리키인들과 이웃하여 살고 있었다. 이들이 살던 지역은
　라이티인들의 이름을 빌려 '라이티아'라고 불렸다.

18행 드루수스 : 네로 클라우디우스 드루수스(기원전 38~9년)는 드루실리아와
　티베리우스 클라우디우스 네로의 둘째 아들이다. 생부의 사망 이후 드루수스는
　형 티베리우스(아우구스투스 다음 황제)와 함께 아우구스투스의 양아들로
　입양된다. 기원전 15년 드루수스는 형 티베리우스와 함께 이 지역을 로마의
　속주로 복속시키는 데 큰 공적을 쌓았다.

24행 제압당함으로써 : 전승 사본은 '다시 물리친(revictae)'이지만 이때 처음으로
　있었던 일이므로 '제압된(repressae)'을 따랐다.

38행 메타우루스강 : 움브리아를 가로질러 아드리아 해로 들어가는 강이다.
　기원전 207년 메타우루스강을 건너 한니발을 지원하려던 한니발의 동생
　하스드루발을 가이우스 클라우디우스 네로가 막아 냈다. 이 승리는 한니발
　전쟁의 전환점이 되었고, 머지않아 한니발은 이탈리아를 떠날 수밖에 없었다.

49행 배신의 한니발 : 여기서 '배신'은 의미를 가지지 않는다. 마치 서사시의
　장식적 별칭처럼 의미 없이 습관적으로 붙어 있는 듯 보인다.

54행 튀레니움의 바다 : 이탈리아 반도의 서해를 가리킨다.

56행 아우소니아 : 아우소니아는 이탈리아와 동의어로 쓰였다.

58행 알기두스 : 알기두스는 로마에서 남쪽으로 20킬로미터 떨어진 곳에 위치한
　산으로, 아이네아스의 아들 아스카니우스가 세운 도시 알바롱가가 자리한
　곳이다.

62행 휘드라 : 머리가 여럿 달린 바다 괴물로, 헤라클레스가 머리를 하나 자를
　때마다 두 개의 머리가 새로 자라났다고 한다.

63행 콜키스인 : 황금 양털을 찾아온 이아손에게 콜키스의 왕은 황금 양털을
　주는 조건으로 황금 양털을 지키는 용을 죽이고 그 이빨을 밭에 뿌려 거기서
　자라난 용사들을 물리치라는 과업을 내렸다.

64행 에키온 : 테베를 건설한 카드모스도 아테네의 명령에 따라 용을 죽이고

그 이빨을 밭에 뿌려 거기서 자라난 용사들을 과업을 받았다. 용의 이빨에서
자라난 용사들 가운데 다섯 명은 살아남아 카드모스를 도왔다. 그중 하나인
에키온은 카드모스의 딸과 결혼했다.

IV 5 선한 신들에게서

1행 선한 신들에게서, 로물루스 가문 : 율리우스 집안은 베누스의 아들
아이네아스까지 거슬러 올라간다. 아우구스투스는 제2의 로물루스가 되길
바랐다.

2행 너무 오래 나가 계십니다 : 기원전 16년부터 기원전 13년까지 아우구스투스는
로마를 떠나 레누스강(오늘날 라인강) 지역에 머물면서 갈리아와 게르마니아를
정비했다.

5행 빛 : 아우구스투스를 빛과 태양에 비유하는데, 이는 헬레니즘 시대의
찬가에서 통치자를 가리킨다.

10행 카르파티 바다 : 로도스섬과 크레타섬 사이의 바다를 가리킨다.

18행 케레스와 양육자 풍요 : 케레스는 대지의 여신이며, 호라티우스가 만들어
낸 명칭인 '풍요의 여신(Faustitias)'은 형용사 '순조로운, 번영하는(faustus)'에서
유래한 단어로 보인다.

25~28행 파르티아, 스퀴티아, 게르마니아, 히베리아 : 로마의 동쪽 국경과 서쪽
국경 지대에 거주하는 야만족들로, 로마와 끊임없이 전쟁했다.

30행 시집 보냅니다 : 느릅나무 혹은 백양나무를 포도나무 옆에 심어 포도
넝쿨이 나무를 타고 자라도록 하는 것을 '나무를 시집보낸다'고 한다. 『서정시』
II 15, 4를 보라.

IV 6 신이여, 니오베의

1행 신이여 : 아폴로를 가리킨다.

1행 니오베의 자식들 : 니오베는 일곱 명의 아들과 일곱 명의 딸을 자랑하며,
아폴로와 아르테미스의 어머니 레토 여신을 조롱했다. 이에 화가 난 아폴로와
아르테미스가 니오베의 자식들을 모두 죽인다.

2행 티튀오스 : 티튀오스는 레토 여신을 납치하려다 아폴로와 아르테미스에게
제압당하여 타르타로스에 갇혔다.

3행 거의 승리자 : 아킬레우스는 헥토르를 죽이고 트로이아가 멸망하기 직전에
파리스가 쏜 화살에 맞아 죽었다. 『일리아스』 22권 359행 이하를 보라.

7행 다르다노스 : 트로이아를 건설한 왕이다.

14행 잘못된 잔치 : 트로이아인들은 희랍인들의 목마에 속아 전쟁의 승리를

축하하는 잔치를 벌였고, 그날 저녁 트로이아는 멸망했다.

18~19행 아카이아의 화염 : 아카이아는 희랍인들을 가리킨다. 트로이아의 마지막 날에 희랍인들은 도시를 불태웠다.

21행 사랑스러운 베누스 : 『아이네이스』 1권 223행 이하에서 베누스는 유피테르에게 아들 아이네아스의 운명을 돌봐 줄 것을 약속받는다.

25행 청아한 탈리아 : 탈리아는 무사여신들 가운데 한 명이다. 아폴로는 무사여신들을 가르치는 선생인 동시에 피리 연주자로 등장한다.

26행 크산토스 : 소아시아 남부 해안 뤼키아에 흐르는 강이다.

27행 다우누스의 카메나 : 다우누스는 이탈리아 남부 아풀리아 지방을 다스렸던 전설의 왕이다. 아풀리아는 시인 호라티우스의 고향이다. 카메나는 희랍의 무사여신들에 해당하는 이탈리아의 여신이다.

28행 고운 얼굴로 : 아폴로는 흔히 수염을 기르지 않은 청년의 모습을 하고 있다.

31~32행 처녀들아, 소년들아 : 호라티우스는 그의 지휘에 따라 찬가를 부를 합창대를 호명한다. 아우구스투스는 로마 공화정 수립 500주년을 맞아 기원전 17년에 백년제 축제를 열었고, 그때 호라티우스는 「백년제 찬가」를 지었다.

34행 델로스섬의 여신 : 아르테미스 여신은 아폴로와 함께 델로스섬에서 태어났다.

IV 7 눈은 녹아

3행 물 빠진 강 : 이탈리아의 경우 겨울이면 강물이 범람하고, 봄이면 물이 줄어들어 강은 둑을 따라 흐른다. 『서정시』 IV 12, 3행을 보라.

5행 옷 벗은 그라티아 : 우아의 여신 그라티아는 흔히 베누스 여신과 함께 가벼운 발걸음으로 춤을 추는 모습으로 그려진다. 『서정시』 I 4를 보라.

15행 충직한 아이네아스, 부유한 툴루스, 앙쿠스 : 아이네아스는 트로이아에서 이탈리아로 이주하여 로마의 기초를 다졌다. 툴루스는 로마의 세 번째 왕으로, 그의 치세에 로마가 크게 번영했다고 한다. 앙쿠스는 네 번째 왕이다.

19행 상속자 : 상속자가 물려받은 재산을 탕진하는 것은 『서정시』 II 3, 20행 이하와 II 14, 25행 이하와 III 24, 61행 이하를 보라.

21행 미노스 왕 : 에우로파의 아들이자 크레타 섬의 크노소스를 다스린 미노스는 사후 하계에서 아이아쿠스와 라다만토스와 함께 망자를 심판하는 판관이 되었다.

23행 토르콰투스 : 호라티우스가 태어난 기원전 65년의 집정관 루키우스 만리우스 토르콰투스의 아들로 짐작된다.

26행 히폴뤼토스 : 처녀신 아르테미스(=디아나) 여신을 경배하며 아프로디테

여신을 멀리한 청년으로, 테세우스와 아마존 여전사 히폴뤼테의 아들이다.
에우리피데스에 따르면 히폴뤼토스는 사랑을 거부하는 자에게 분노하는
아프로디테의 덫에 걸려 죽임을 당했다.

27행 피리투스 : 테세우스가 결혼을 위해 하계의 여왕 페르세포네를 납치하려
했을 때 그를 도운 인물로, 저승에 붙잡혀 망각의 의자에 묶였다. 테세우스는
헤라클레스에게 구출되었으나 피리투스는 그대로 저승에 남았다. 테세우스와
피리투스의 우정은 고대 우정의 본보기로 알려졌다.

IV 8 난 청동쟁반과 청동솥을

2행 켄소리누스 : 여기 켄소리누스는 기원전 39년에 집정관을 지낸 루키우스
마르키우스 켄소리누스(기원전 17년에 백년제를 주관한 열 명의 위원 가운데
한 명)이거나, 아니면 기원전 8년에 집정관이 되는 가이우스 마르키우스
켄소리누스다.

6행 파라시우스와 스코파스 : 파라시우스는 기원전 5세기 말에서 기원전 4세기
초까지 활약한 희랍의 화가다. 스코파스는 기원전 4세기에 활약한 조각가다.

15~19행 (서둘러······명성을) : 이 시행들은 후대 삽입한 것으로 보인다.

18행 사내 : 한니발을 무찌르고 아프리카 정복자라는 이름을 얻은 것은
대(大)스키피오이며, 카르타고를 포위 공격하여 불태운 것은 소(小)스키피오다.

19~20행 칼라브리아의 피에리아 여신들 : 칼라브리아는 시인 엔니우스의
고향이다. 피에리아 여신들은 무사여신들을 가리킨다. 엔니우스는 2차 카르타고
전쟁을 노래하는 서사시를 지었다.

23행 로물루스 : 로물루스는 로마의 건국 시조로, 전쟁신 마르스와 일리아의
아들이다.

26행 아이아쿠스 : 아킬레우스의 할아버지로, 사후 저승에서 망자의 영혼을
심판하는 심판인이 되었다.

27행 행복의 섬 : 축복받은 영혼들이 이승을 떠나 죽어서 머물게 되는 세상 서쪽
끝의 섬이다.

28행 (무사여신은 칭송받을 사람을 잊지않고) : 이 시행도 후대에 삽입한 것으로
보인다.

31행 튄다레우스의 아들들 : 카스토르와 폴뤽스는 바다 항해자를 보호하는
하늘의 별이 되었다.

33행 (푸른 포도잎으로 머리를 묶어 장식한) : 이 시행 역시 후대에 삽입한 것으로
보인다.

34행 리베르 : 박쿠스 신의 다른 이름이다. 박쿠스는 올륌포스에 받아들여지고

신격을 얻었다. 그래서 박쿠스에게 사람들이 치성을 드리고 소원을 빌면 박쿠스는 소원을 들어준다.

IV 9 멀리 들리는 아우피두스 강가에서

1행 멀리 들리는 아우피두스 강가에서 : 아우피두스강은 호라티우스의 고향 베누시아의 강이다. "멀리 들리는"이란 별칭은 『서정시』 III 30, 10행을 보라.

2행 알려지지않은 운율 : 사포와 알카이오스 등 희랍 시인들이 사용한 희랍 운율을 가리킨다. 『서정시』 III 30, 13행 이하를 보라.

5행 마이오니아 : 호메로스의 고향으로 여겨지는 키오스섬과 스뮈르나섬 등이 속하는 소아시아 뤼디아의 해안지역을 가리킨다.

6행 핀다로스 : 기원전 5세기 테베 출신의 합창시인으로, 올륌피아 체육제전 등 희랍의 유명한 운동경기에서 승리한 우승자를 위해 합창시를 썼다.

6행 케오스 : 케오스섬은 아티카 지방의 동쪽 끝에 있는 섬으로, 시인 시모니데스와 박퀼리데스의 고향이다.

7행 알카이오스 : 레스보스섬의 시인으로, 고향 뮈틸레네의 참주들을 비방하고 욕하는 시를 남겼다.

8행 심각한 노래 : 스테시코로스는 신화를 주제로 담은 합창시를 주로 지었으며, 그의 합창시는 서사시적 웅장함을 가지고 있었다.

9행 아나크레온 : 술자리 노래를 주로 부른 시인이다.

11행 아이올리아 소녀 : 레스보스섬의 시인 사포를 가리킨다. 사포는 주로 사랑을 주제로 한 시를 지었다.

17행 퀴도니아 : 크레타섬의 북부 지방에 위치한 도시다. 『일리아스』 13권 313행 이하에 의하면 크레타 사람들은 활에 능숙한 사람들이었고, 그중에서도 테우케르는 가장 뛰어난 궁수였다.

19행 이도메네우스 : 트로이아 전쟁에 참가한 희랍 영웅이다. 『일리아스』 4권 250행 이하를 보라.

20행 스테넬루스 : 아르고스인들을 데리고 온 희랍의 영웅 디오메데스를 따라 트로이아 전쟁에 참가한 희랍 영웅이다. 『일리아스』 2권 564행 이하를 보라.

22행 데이포보스 : 헥토르의 동생으로, 트로이아 전쟁에 참가한 트로이아의 영웅이다. 『일리아스』 12권 294행 이하를 보라.

33행 롤리우스 : 마르쿠스 롤리우스는 기원전 21년의 집정관으로, 아우구스투스 통치 시 뛰어난 조력자였다. 호라티우스는 그를 매우 바르고 청렴한 사람이라고 쓰고 있으나, 타키투스 등 다른 기록에 따르면 탐욕스럽고 부패했으며 무능한 인물이었다고 한다.

IV 10 아직은 베누스의

1행 소년아 : 5행의 '리구리누스'는 가상의 소년으로 보인다.

3행 어깨에 늘어진 머리카락이 모두 잘려나가면 : 『서정시』 III 19, 25행과 III 20,
   14행에서 머리카락은 성적 매력을 나타낸다. 성인식을 치르면 어릴 적에 길었던
   머리카락을 짧게 자르게 된다.

IV 11 내게 구 년 묵힌

1행 알바롱가 : 로마의 남동쪽에 위치한 구릉 지대다.

3행 퓔리스 : 희랍어로 '푸른'을 뜻하는 여자 이름이다.

14행 13일 축일 : 원문 'Idus'는 우리말의 '보름'에 해당하며, 흔히 로마에서는
   채무 변제일이다. 하지만 로마 달력에서 4월 보름은 4월 13일이다.

15행 베누스에게 바쳐진 : 4월은 왕성한 생명활동 때문에 베누스에게 바쳐진
   달이라고 불린다.

25행 파에톤 : 파에톤은 태양신의 아들로, 태양신이 매일 운행하던 불의 전차를
   몰아 보기를 아버지에게 청하였고, 태양신은 이를 허락했다. 하지만 파에톤은
   불의 전차를 끄는 말들을 제대로 제어하지 못해서 땅에 큰 화재를 일으켰다.

28행 벨레로폰 : 핀다로스 『이스트미아 찬가』 7번 44행에 따르면 벨레로폰은 날개
   달린 말 페가수스를 타 보려고 시도했으나, 페가수스는 벨레로폰이 무거워 태워
   주지 않았다.

IV 12 벌써 바다를

2행 트라키아의 숨결들 : 트라키아에서 봄바람이 불어온다고 하는 것은
   호메로스의 생각이다. 『일리아스』 9권 5행 이하 "마치 북풍과 서풍의 두 바람이
   트라케에서 갑자기 불어와……."

3행 겨울눈에 불어난 : 이탈리아의 경우 겨울에는 강물이 범람하고, 봄에는 물이
   줄어든다. 『서정시』 IV 7, 4행을 보라.

5행 이튀스 : 트라키아의 왕 테레우스와 아테네의 공주 프로크네 사이에서 태어난
   아들이다. 테레우스는 프로크네의 여동생 필로멜라를 강간하고는 이를 발설하지
   못하도록 필로멜라의 혀를 잘랐다. 프로크네가 복수를 위해 이튀스를 죽여
   요리하고, 이를 테레우스가 먹게 했다. 후에 필로멜라는 밤꾀꼬리가 되었고,
   프로크네는 제비, 테레우스는 오디새가 되었다.

6행 불행한 새 : 프로크네가 변신하여 된 제비를 가리킨다. 프로크네는 자기
   자식을 죽여 남편에게 복수하였다.

6행 케크롭스 : 테레우스의 먼 조상이다.

11행 신 : 가축과 목동을 돌보는 판을 가리킨다.

13행 베르길리우스 : 25행 '장사와 이문을 남길 사업'에 비추어 볼 때 시인 베르길리우스를 가리킨다고 하기 어렵다.

14행 칼레스 : 칼레스는 캄파니아 북부 지방으로, 여기서 매우 고급 포도주가 생산된다. 『서정시』 I 20, 9행 이하를 보라.

17행 술피키우스 창고 : 티베리스강 하구에 있는 물류 창고로, 애초 소유자였던 술피키우스 갈바의 이름을 따서 이렇게 불린다.

26행 검은 불꽃 : 망자를 화장하기 위해 태우는 불을 가리킨다.

IV 13 뤼케여, 신들은

1행 뤼케 : 『서정시』 III 10에 언급되었던 기녀다.

7행 키아 : 희랍 키오스섬 출신이라는 뜻에서 기녀의 이름을 '키아'라고 쓴 것으로 보인다. 레스보스섬 출신은 레스비아, 델로스섬 출신은 델리아라고 쓴다.

13행 코스의 진홍옷 : 기녀들이 입는 옷으로, 희랍 코스섬에서 만든 염색한 비단옷을 가리킨다.

21행 키나라 : 『서정시』 IV 1, 4행에도 언급되는 호라티우스의 연인이다.

25행 늙은 까마귀 : 속담에 따르면 까마귀는 긴 수명을 누린다고 한다.

IV 14 원로들의 근심이자

5행 살만한 태양 : 태양의 위치에 따라 사람들이 살 만한 지역이 결정된다. 오비디우스 『변신 이야기』 1권 45행 이하를 보라.

8행 빈델리키족 : 게르마니아 라이티아 지방에 거주하던 켈트족의 일파다.

10행 드루수스 : 『서정시』 IV 4, 18행을 보라.

10행 게나우니족 : 게르마니아 라이티아 지방의 남쪽 알프스에 살던 게르만족의 일파다.

11행 브레우니족 : 게르마니아 라이티아 지방의 남쪽 알프스에 살던 켈트족의 일파다.

14행 네로 집안의 장남 : 장차 아우구스투스를 이어 로마 황제가 될 티베리우스를 가리킨다.

15행 라이티족 : 라이티인들은 알프스 이북과 다누비우스강(오늘날 도나우강) 이남 지역에 거주하던 에트루리아 계통의 민족이다.

18행 자유인의 죽음 : 야만인들은 자유인으로 죽었다.

21행 플레이아데스 : 겨울철의 대표적인 별자리로 격랑이 심한 겨울을 상징한다. 헤시오도스 『일들과 날들』 618행 이하 "플레이아데스가 오리온의 강력한 힘을

피하여 안갯빛 바닷속으로 뛰어들 때에는, 그때에는 온갖 종류의 돌풍이 이는

법이오."

25행 황소 모양의 아우피두스 : 호라티우스의 고향에서 멀리 않은 이탈리아

아풀리아 지방에 흐르는 강이다. 가을과 겨울이면 급류가 되어 흐른다.『서정시』

III 30, 10행을 보라.

26행 다우니아 왕국 : 아풀리아 지방을 다스리던 옛 왕국이다.

29행 클라우디우스 : 16행 "네로 집안의 장남"과 마찬가지로 티베리우스를

가리킨다.

34행 그날에 : 드루수스와 티베리우스가 라이티아와 빈델리키아를 정복한 것은

기원전 15년이다. 이때가 36행의 "그날"처럼 8월 1일인지는 역사적으로 확인되지

않았으나 시인은 두 승리가 같은 날 있었다고 쓰고 있다.

36행 그날에 : 기원전 30년 8월 1일 이집트 해군은 알렉산드리아 항구를

아우구스투스에게 개방했다.

41행 칸타브리아 : 히스파니아에 거주하던 야만족으로 끝까지 로마에 저항했다.

42행 메디아와 인디아, 도망치는 스퀴타이 : 로마에 적대적이던 야만족을

대표하여 자주 언급되는 종족이나 실제 이들의 적대 행위와는 무관하다.

"도망치는 스퀴타이"와 관련하여『서정시』I 35, 9행을 보라.

45행 닐루스 : 오늘날의 나일강으로 고대에 닐루스의 원천이 어디인가를 두고

의견이 분분했다. 이집트인들과 아이피오티아인들의 영역이다.

46행 히스테르 : 도나우강 하류를 히스테르강 혹은 이스테르강이라고 부른다. 이

지역은 다키아인들의 영역이다.

46행 티그리스 : 티그리스강은 파르티아인들의 영역이다.

47행 바다 괴물이 가득한 : 오케아노스에 붙은 별명으로, 로마인들은

오케아노스에 실제로 바다 괴물이 산다고 믿었다.

50행 히베리아 : 이베리아라고도 하며, 히스파니아를 가리킨다.

51행 쉬감브리족 :『서정시』IV 2, 34행 이하를 보라.

IV 15 포에보스는 전쟁과

2행 나를 꾸짖어 : 앞의 시는 전쟁을 노래했고, 이제 마지막 시에서 호라티우스는

아우구스투스 치세의 태평성대를 노래한다.

3행 튀레눔 바다 : 이탈리아 반도의 서해를 가리킨다.

5행 되돌려주었고 : 아우구스투스는 농지 개혁을 시행하여 거대 농장들을

몰수하고 이를 퇴역한 노병들에게 분배했다.

8행 찾아주었고 : 기원전 53년 파르티아 카르하이에서 크라수스의 군대는

파르티아 군대에 패했고, 병사들은 포로가 되었다. 이때 로마는 군단기를 빼앗겼다. 『서정시』 III 5, 5행을 보라.

9행 야누스 신전을 닫았다 : 아우구스투스 치세에 야누스 신전의 문은 세 번 닫혔는데, 신전의 문이 닫힌 것은 로마에 전쟁이 없음을 의미한다.

12행 조상의 용기 : 원문 'veteres artis'는 '조상의 기술'이라고 번역할 수 있으나 『서정시』 III 3, 9행에 비추어 용기로 번역한다.

21행 다누비우스 : 오늘날의 도나우강이다.

22행 게타이와 세레스 : 게타이족은 도나우강 북쪽에 사는 종족이며 세레스는 중국을 가리키는데, 아마도 로마 동쪽 국경 너머에 사는 종족을 통틀어 부르는 이름일 것이다.

23행 타나이스 강가 : 오늘날의 돈강이다. 스퀴티아 민족의 일부가 러시아 남부 지역에 거주했다.

24행 율리우스 칙령 : 아우구스투스가 로마 국경을 확립한 이래 국경 밖의 이민족들이 로마 국경을 침범하지 않았다. '율리우스 칙령'은 아우구스투스가 정한 국경을 의미한다.

26행 리베르 : 박쿠스 신의 다른 이름이다. 『서정시』 I 16, 7행을 보라.

29행 조상 전래의 풍습 : 카토에 의하면 로마인들은 식사 자리에서 위대한 영웅들을 칭송하고 덕을 기리는 노래를 불렀다고 한다. 『투스쿨룸 대화』 IV, 3을 보라.

30행 뤼디아 피리 : 술잔치 음악을 가리킨다.

32행 베누스의 아들 : 아이네아스를 가리키는데, 그는 아버지 앙키세스와 어머니 베누스 여신에게서 태어났다. 트로이아 유민들을 이끌고 이탈리아에 정착했다. 그의 아들 아스카니우스는 율리우스 씨족의 기원이다.

백년제 찬가

2행 빛나는 하늘의 자랑 : 포에보스는 태양의 신이며, 디아나는 달의 여신이다.

3~4행 신성한 날 : 백년제 혹은 타렌툼 축제라고 불리며 100년 혹은 110년마다 개최된다. 타렌툼은 마르스 연병장의 일부를 가리킨다. 기록에는 기원전 249년과 149년에 개최되었다. 아우구스투스는 기원전 456년 백년제가 처음 개최되었다고 보고, 110년 주기로 하여 기원전 17년에 백년제를 부활시켰다. 5월 31일 시작하여 6월 3일까지 밤에는 밤의 신성들(*Ilithyia* 14행; *Parcae* 25행; *Ceres* 30행)에게, 낮에는 낮의 신성들(*Apollo*와 *Diana* 1행; *Iupiter* 31행, 73행; *Iuno*)에게 제사를 올렸다. 호라티우스는 6월 3일 소년소녀 합창대로 하여금

아폴로와 디아나 찬가를 부르게 했다.

5행 시뷜라의 예언서 : 타르퀴니우스 왕의 무녀 시뷜라에게 구입한 예언서로
기원전 83년 카피톨리움 화재에 의해 소실되었다. 이후 열다섯 명의 예언서
박사(70행)에 의해 다시 간행되어 아폴로 신전에 봉헌되었다.

6행 소년들과 소녀들 : 『서정시』 IV 6, 31행 이하에서 보듯이 혈통귀족의
자제들이다.

13행 해산의 여신 : 14행 달의 여신과 생산의 여신 등을 포함하여 모두 디아나와
동일시되는 여신들이다.

20행 혼인법 : 아우구스투스는 혼인법을 통해 결혼과 재혼을 강제했으며,
미혼자들이나 결혼 후에도 자녀가 없는 부부들을 처벌했다. 또 간통을 저지르는
자들에게 큰 벌을 내렸다.

21행 열 번째 십일 년 : 백년제는 100년 혹은 110년 주기로 개최되었다.

25행 운명의 여신들 : 축제 첫날인 5월 31일 저녁은 운명의 여신들에게 제사를
올린다.

30행 대지 여신 : 축제 세 번째 날인 6월 2일 저녁에는 대지 여신에게 제사를
올린다.

31행 유피테르 : 축제 두 번째 날인 6월 1일 아침에는 유피테르에게 제사를 올린다.

34행 두 개의 뿔 : 초승달 모양을 가리킨다.

49행 앙키세스와 베누스 혈통의 고귀한 자 : 아우구스투스를 가리킨다.
아이네아스는 앙키세스와 베누스의 아들이며, 아이네아스의 아들
아스카니우스는 율리우스 집안의 시조다. 아우구스투스는 율리우스 집안에
입양되었다.

54행 알바롱가 : 율리우스 집안은 알바롱가의 도시를 건설했는데, 이 도시는
나중에 로마를 세우는 주축이 된다.

54행 메디아 : 기원전 19년 아우구스투스는 파르티아를, 다시 말해 메디아를
평정하고 로마로 귀환했다.

65행 팔라티움 언덕 : 전승 사본에 따라 '팔라티움 제단(Palatinas aras)'으로
전하기도 한다. 아우구스투스가 기원전 28년 팔라티움 언덕에 지은 아폴로
신전을 가리킨다. 『서정시』 I 31을 보라.

69행 아벤티누스와 알기두스 언덕 : 아벤티누스 언덕은 로마의 일곱 언덕 가운데
하나로 디아나 여신의 신전이 위치한다. 알기두스는 로마 남쪽에 있는 산으로
디아나 여신의 신전이 있다.

70행 십오 인 예언서 박사 : 시뷜라 예언서를 읽고 해석하는 사제들이다. 실제로
아우구스투스 시대에는 스물한 명에 이르렀다.

필사본과 비평판에 관하여

호라티우스의 작품을 담고 있는 필사본 및 비평판은 그야말로
부지기수다. 13세기 이전에 만들어져 전해지는 필사본만 약
250종이다.[1] 현존하는 가장 오래된 필사본은 바티칸에 보관되어
있는 R 사본(Vaticanus Reginae 1703)이며, 9세기 중반의 것이다.[2] R
사본은 오토 켈러(Otto Keller)와 홀더(A. Holder)가 1878년에 작업한
호라티우스의 '간략 비평판(Editio minor)'에 처음으로 반영되었다.
한때 B 사본(Bernensis 363)이 가장 오래된 사본으로 알려졌으나[3]
현재는 제작 시기를 9~10세기로 보고 있으므로 R 사본보다
약간 후대의 것이다. 11~12세기에 만들어진 C/E 사본(Monacensis
lat. 14685)은 원래의 사본(C)과 추가적으로 보충된 사본(E)을
구분하기 위해 그와 같은 명칭을 붙였다. 1912년 폴머(F. Vollmer)의
비평판에 처음으로 반영된 K 사본(Cod. S. Eugendi)은 11세기의
것으로 추정된다. V 사본(Blandinianus vetustissimus)은 1565년에
야코부스 크루키우스(Jacobus Cruquius)가 발견한 사본 중 가장
오래되었는데, 그의 비평판에 반영한 직후 1566년에 화재로
소실되었다. 가장 마지막에 V 사본을 본 크루키우스의 전달
내용이 얼마나 정확한지는 매우 의심스럽다. 스트라스부르크에

---

1) C.O. Brink, "Introduction to manuscripts and editons", *Horace on Poetry*,
Cambridge, 1971. 1-50.
2) Ibid., 7.
3) *RE*, 8, 2391. E.C. Wickham, "praefatio" iv., *Q. Horatii Flacci Opera*,
Oxford, 1901; 19122.

보관 중이던 D 사본 (cod. Argentoratensis)은 1870년에 소실되었다. 벤틀리가 1711년 비평판을 만들면서 참고한 중요 사본으로는 d 사본(Harleianus 2725)이 있다. 이 사본은 9세기에 만들어진 것으로 현재 대영박물관에서 보관하고 있다.

현존하는 필사본들이 서로의 텍스트에 서로 영향을 끼치며 만들어졌기 때문에 필사본을 구분하는 작업은 매우 힘든 일이다. 고전 문헌학자들은 필사본을 분류하기 위해 노력했으며 19세기 이후 유력한 분류 이론을 보면 켈러와 홀더의 '세 가지 분류 이론'과 레오(F. Leo)와 폴머의 '두 가지 분류 이론'이 있다. 참고 삼아 호라티우스 작품의 전승을 폴머의 가설을 토대로 정리해 보면 다음과 같다. 프로부스(M. Valerius Probus, 기원후 70년경 사망)가 처음으로 호라티우스의 텍스트를 묶었다.[4] 기원후 3세기 포르퓌리오(Pomponius Porphyrio)가 호라티우스 주석본을 만들었고, 다시 기원후 527년 집정관을 지낸 마보르티우스(Mavortius)가 포르퓌리오의 주석본을 기초로 해서 호라티우스의 텍스트를 묶어 냈다.[5] 이 필사본이 카롤링거 르네상스 시대에 호라티우스 필사본의 기초가 되었고, 카롤링거 르네상스의 필사본에서 다시 두 개의 사본이 만들어져 현재 우리가 갖고 있는 사본의 모본이 되었다.

호라티우스 작품의 최초 인쇄본(editio princeps)은 1470년에 발간되었다. 벤틀리가 비평판을 내기 전까지 제일 널리 읽힌

---

4) *RE*, 8, 2391. 그 이후 호라티우스의 주석가로 모데스투스(Modestus), 클라라누스(Claranus), 테렌티우스 스카우루스(Q. Terentius Scaurus)가 언급되고 있으며, 2세기에서 3세기로 넘어가면서 아크로(Helenius Acro)가 언급된다.

5) 필사본의 호라티우스 『비방시』 뒷부분에 마보르티우스의 서명이 들어 있다. "Vettius Agorius Basilius Mavortius vir clarissimus et inlustrissimus ex comite domestico, ex consule ordinario legi et ut potui emendavi conferente mihi magistro Felico oratore urbis Romae."

인쇄본은 1561년 디오뉘시우스 람비누스(Dionysius Lambinus)가 출판한 것이다. 호라티우스의 비평판을 본격적으로 착수한 사람은 리차드 벤틀리(Richard Bentley, 1662~1742)다. 그는 호라티우스에 관한 많은 사본들을 한데 모은 뒤 서로 비교해서 비평판(Cambridge, 1711년)을 만들었으며, "문맥과 사태(ratio et res)"를 충실히 파악한 그의 작업은 호라티우스 문헌학의 기초가 되었다. 또한 오토 켈러(Otto Keller)는 그동안 알려지지 않았던 필사본을 찾아내 벤틀리의 작업을 보충했으며, 호라티우스의 모든 작품을 전체적으로 재검토하여 1864년부터 6년에 걸쳐 라이프치히에서 비평판을 출판했다.

세계시인선 2　　소박함의 지혜

1판 1쇄 찍음 2016년 5월 10일
1판 1쇄 펴냄 2016년 5월 19일

지은이　　　호라티우스
옮긴이　　　김남우
발행인　　　박근섭, 박상준
펴낸곳　　　(주)민음사

출판등록　1966. 5. 19. (제16-490호)
주소　　　　서울시 강남구 도산대로1길 62
　　　　　　강남출판문화센터 5층 (06027)
대표전화　515-2000　　팩시밀리 515-2007

www.minumsa.com

ⓒ 김남우, 2016. Printed in Seoul, Korea

ISBN　978-89-374-7502-3 (04800)
　　　　978-89-374-7500-9 (세트)

세계시인선